죽음이 물었다

죽음이 물었다

소중한 것들을 지키고 있느냐고

Death Is a Day
Worth Living

아나 아란치스 지음 | 민승남 옮김

세계사

나의 가장 위대한 스승인 환자와 보호자 들에게
이 책의 지혜를 바친다.

차례

추천사

당신의 삶이 죽음도 만듭니다

김여환(가정의학과 전문의, 전 대구의료원 호스피스센터장)

석양이 아름다운 것처럼
인생도 활기 넘치고 건강할 때보다
인생의 짐을 완성하고 내려놓을 때
가장 아름다워야 한다.
당신은 당신의 인생이 서서히 저물어가고 있을 때
어떤 아름다움을 뿜어낼 수 있는가?

《내일은 못 볼지도 몰라요》, 김여환

○

이 책은 브라질 의사가 쓴 완화의료 이야기이다. 호스피스 의사를 그만둔 지 8년이나 됐지만 죽음이나 모르핀 같은 단어가 들리면 아직도 호스피스 병동에서 근무하는 것처럼 가슴이 먹먹해진다. 내가 목격한 삶의 끝자락이 생각보다 녹록하지 않아서일까? 그곳에서는 일상과 다른 낯선 사건들이 기다린다. 온전히 내 것으로만 여겼던 몸부터 달라진다. 밥은커녕 물 한 모금도 삼키기가 어렵고, 치매 환자도 아닌데 헛것이 보이는가 하면 화장실 바로 앞에서 소변을 지린다. 또 통증은 왜 그리 심한지. 살면서 그 흔한 진통제 한 알도 먹어본 적이 없었는데 이제는 마약성 진통제라는 모르핀 주사까지 맞아야 한단다. 하지만 완화의료는 삶의 마지막에 니타나는 신체적 동증을 대부분 해결해준다. 그러므로 결코 이런 모습들이 허무해서 가슴이 먹먹해지는 것은 아니다.

완화의료란 삶의 끝자락에 나타나는 다양한 증상, 특히 통증을 완화시켜 인간이 존엄성을 가지고 세상을 떠날 수 있도록 하는 돌봄의 의학이다. 신생아실에 소아과 전문의가 있듯이 우리의 마지막에는 완화의료 전문가가 있다. 완화의료자를 흔히 안락사 시켜주는 의사로 오해하는 사람도 있지만, 완화의료는 오히려 안락사를 막아준다. 통증이 없어지고 증상이 좋아지면, 환자는 죽음을 찾아가는 일에 집착하지 않는다.

호스피스 병동에서 환자들은 죽을 때 아플지를 가장 걱정했다. 인간이 행복한 삶을 살다가 극심한 고통 속에서 죽어가야 한다면 마지막을 자살로 마무리할 수밖에 없다. 시몬 드 보부아르는 암에 걸린 어머니가 극심한 통증 속에서 떠나는 것을 보고, "인간에게 죽음은 하나의 부당한 폭력에 해당한다"라고 했다. 그러나 현대의학은 죽음 직전에 인간이 경험할 수 있는 통증을 거의 완벽하게 조절할 수 있도록 발전했다. 1970년대에 위암으로 돌아가신 내 외할머니는 암성 통증으로 괴로워하며 앉아서 떠날 수밖에 없었지만, 2010년대에 폐암이 뼈로 전이된

어머니는 통증 없이 편안히 누워서 떠났다. 현대의학의
진수는 우리를 영원하게 살리는 것이 아니라, 세상과 영
원한 이별을 할 때 통증을 없애주는 것이다. 죽음을 상상
조차 하기 싫어하는 사람들도 이런 희망적인 정보는 알
고 있어야 한다. 그래야 존엄한 죽음을 맞을 수 있다.

　"엄마, 건강한 우리가 왜 죽음에 대해서 알아야 해? 호
스피스 병동에 입원했을 때 알려줘도 되잖아? 철학자나
종교인도 아니면서 의사가 굳이 죽음까지 말하는 것은
아니라고 생각해." 호스피스 홍보를 열심히 하던 나에게
아들이 한 말이다. 그리고 그는 '살리는 의사'가 되고 싶다
며 재활의학과 의사가 됐다. 이 책의 저자도 자신을 완화
의료 의사라고 소개하면 흥미진진하던 분위기가 갑자기
싸늘해진다고 하소연한다. 먼 브라질에서도 죽음이 찬밥
신세인 것은 마찬가지인가 보다. 나도 이런 섭섭함이 자
극이 되어 호스피스에 관한 책을 세 권이나 쓰기는 했지
만, 지금 생각해보면 죽음에 대한 싸늘하고 무심한 반응
은 극히 자연스러운 것 같다. 보지 못했으니 당연했다.

　호스피스 병동은 누구나 한 번은 오고, 한 번만 온다.

누구나 처음이기 때문에 구순이 되신 어르신도, 열한 살
짜리 어린이도 힘들고 서툰 것은 마찬가지이다. 자식을
먼저 떠나보냈거나, 살면서 갑자기 장애인이 되었던 환
자는 역설적이지만 마지막은 편해 보였다. 그들의 죽음
은 치열한 삶의 전쟁터 뒤에 찾아오는 적막한 평화와 같
았다.

　　좋은 죽음은 나이를 먹으면서 흰 머리카락이나 주름
살같이 자연스럽게 얻게 되는 것이 아니다. 박완서 작가
가 《보시니 참 좋았다》에서 "명품으로 치는 골동품도 태
어날 때부터 명품이었던 게 아니라, 세월의 풍상과 사람
들의 애정이 꾸준히 더께가 되어 앉아야 비로소 명품이
된다"라고 한 것처럼 웰다잉well dying은 삶의 골동품 같은
것이다. 죽음에 이르러 무엇인가 변화되는 것이 아니라,
살면서 차곡차곡 더께가 되어 얻는 삶의 결과물인 셈이
다. 웰다잉은 입관 체험 같은 것을 해서 누구나 손쉽게 받
을 수 있는 선물이 아니다. 저마다 주어진 삶을 잘 녹여내
야만 누릴 수 있는 우리의 마지막 축제이다. 이것이 내가
호스피스를 생각하면 항상 가슴 먹먹한 이유이며, 죽음

의 병동을 떠나 삶으로 돌아온 이유였다.

환자들은 호스피스에 입원하기 전날 구슬피 운다. 이
제 떠나면 다시는 살아서 집으로 돌아올 수 없다는 것을
알고 있기 때문이다. 살림살이며 옷가지를 법정 스님처
럼 싹 정리하고 신발 하나만 달랑 가져온 분도 있었다. 그
리고 그곳에서 '죽어감'을 경험한다. 환자마다 다르기는
하지만, 일반적으로 입원 한 달 후에는 사랑하는 가족과
영원한 이별을 한다. 죽음에 이르는 과정이 행운이라는
말은 어폐가 있지만, 그나마 호스피스 환자는 운이 좋은
편이다. 인생이 삶, 죽어감, 그리고 죽음의 순서로 마무리
되기 때문이다.

한 달 후에는 떠난다는 것을 알면서 아무렇지도 않
게 살아갈 수 있다는 것은 대단히 놀라운 일이다. 오랜만
에 면회 오는 가족이 급격히 나빠진 환자 상태를 보고 대
성통곡하는 일이 가끔씩 있기는 하지만 호스피스 병동은
대체로 고요하다. 헤아릴 수 없이 수많은 밤을 홀로 지새
운 뒤에 찾아오는 평화일 것이다.

"이렇게 사는 게 사는 건가요? 어차피 가는데 하루 이
틀 일찍 간다고 큰일이 벌어질까요. 한 번에 죽는 약 좀
주세요"라며 의사에게 대놓고 안락사를 요구하는 환자가
있는가 하면, "환자가 죽어가고 있는데 의사는 아무것도
안 하고 뭐 합니까? 지난주까지 멀쩡했던 아버님이 대체
왜 이렇게 됐나요?"라며 의료진에게 때늦은 분노를 터트
리는 보호자도 있다. 하지만 대부분의 사람들은 이제는
힘들다는 의학적인 설명을 듣고 나면 자신에게 남은 소
중한 시간에 최선을 다한다.

솔직히 환자의 입장에서만 보면 암 덩어리를 가득 짊
어지고 며칠 더 산다고 크게 달라질 것은 없다. 하지만 그
들은 불평하지 않고 생명의 건전지가 다하는 날까지 애
틋하게 살아간다. 떠나고 난 뒤 남은 사람들이 자신 때문
에 끼니를 거를까 봐, 경제적으로 힘들까 봐 걱정을 하고,
다시는 못 본다는 미안함에 사소한 일에도 빙긋이 웃어
준다. 등 뒤에 죽음이 왔다는 것을 알면서 보내는 시간이
어찌 쉬울까마는 남겨질 가족을 위한 사랑과 배려심으로
하루하루를 버틴다. 이렇게 떠난 사람은 죽어서도 사랑

하는 이의 마음속에 영원히 살아 있다. 이것이 엘리자베스 퀴블러 로스가 말한 죽음의 5단계 중 '수용'이다.

죽음이란 거대한 시련이 오면 우리는 부정, 분노, 타협, 우울, 수용이라는 5단계를 밟는다. 엘리자베스 퀴블러 로스가 관찰한 죽음의 5단계는 환자마다 다른 양상을 보인다. 부정과 수용이 함께 있기도 하고, 수용에서 분노로 역행하기도 한다. 한꺼번에 다섯 가지 마음이 공존하는 경우에는 환자도 보호자도 난감해진다. 죽음의 단계도 중요하지만 환자와 함께 호스피스 생활을 하면서 '죽어감'을 경험한 가족은 갑작스럽게 죽음을 맞닥뜨린 가족과는 사뭇 다르다. 슬프지만 꿋꿋하다. 그에 비해 죽어감을 죽음 뒤에서 맞이하는 가족은 수십 년이 흘러도 해결되지 않는 가슴앓이와 응어리에 시달린다. 죽어감의 과정을 생략한 갑작스러운 죽음은 가족에게 씻을 수 없는 상처가 되기 때문이다. 남겨진 사람만이 홀로 죽어감을 오롯이 견뎌야 한다. 나의 경우에도 심장마비로 갑자기 떠난 아버지와 호스피스에서 떠난 어머니 죽음 뒤의 상실감은 매우 달랐다.

　호스피스의 대모인 엘리자베스 퀴블러 로스는 누구
나 꿈꾸는 죽음을 맞이했다. 평소 생활하던 자신의 침대
에 누워서 사랑하는 아들과 딸이 머리맡에 앉아 손을 잡
아주고, 발 밑자락에서는 멋모르는 손주들이 뛰노는 한
가운데에서 사망했다. 세상의 어떤 누가 그런 죽음을 원
하지 않을까?

　하지만 인생의 처음과 마지막 순간은 우리가 선택하
는 것이 아니다. 동남아에 지사를 여러 개 내고 사업을 주
식으로 상장시키려고 동분서주하다가도 "이제 그만 가야
하네"라고 하면 모든 것을 내려놓고 흔적도 없이 사라져
야만 하는 것이 바로 죽음이다. 죽음에는 예고편이 없다.
'죽어감'이 길어지는 사람도 있지만, 살아온 시간에 비하
면 아주 짧은 시간 안에서 서둘러 사라진다. 호스피스를
극찬하는 나 또한 호스피스가 아닌 다른 곳에서 갑자기
운명할 수도 있다는 말이다. 나는 이제 더 이상 특별한 죽
음을 꿈꾸지 않는다. 오히려 절대적 의지로 변화시킬 수
있는 특별한 삶을 꿈꾼다. 그래서 언제 나에게 죽음의 그
림자가 드리워지더라도 당황하지 않도록 내일이 아닌 오

늘, 호스피스 환자들의 한 달이 압축된 사랑과 배려의 죽어감을 흉내내본다. 8년 전에 돌본 죽음이 나의 삶을 이렇게 변화시키고 있었다.

반려견의 죽음을 담담히 쓰고 그린 조원희 작가의《혼자 가야 해》라는 동화책이 있다. 나는 이 동화책을 임종실 소파에 앉아 슬픔에 잠겨 있는 환자의 가족들에게 읽어드렸다. 혼자 가는 길을 함께하는 것이 죽어감의 시간이었다면, 죽음은 혼자 가는 것이다. 죽음을 부정하든지, 분노하든지, 수용하든지와 무관하게 죽음의 그림자가 드리워지면 무조건 떠나야 한다. 동화책의 마지막에는 "여기부터는 혼자 가야 해. 너무 슬퍼하지 마, 나는 그냥 강을 건너는 거야"라는 글과 함께 반려견이 혼자서 쪽배를 타고 묵묵히 노를 저으며 강의 저편으로 떠나가는 그림이 담겨 있다. 이것이 죽음이다. 내가 좋아하는 귀중품이나 명품 가방도 가져갈 수 없고, 내가 사랑하는 아들과 딸도 함께 갈 수 없는 순간이다. 혼자 타고 가는 작은 쪽배에 싣고 갈 수 있는 것이 무엇일까 평소에 생각하면서 살

아간다면 선택의 갈등에 놓이게 될 때 현명한 결정을 내
릴 수 있을 것이다.

《죽음의 중지》라는 주제 사라마구의 소설처럼 죽음이
아예 없어진 것은 아니지만, 아주 늦어졌다. 백발의 딸이
백발의 엄마를 모시고 치매 검사를 하러 온다. 지구 역사
상 이렇게 오래 사는 인류는 우리가 처음이다. 죽어감의
과정을 거치지 않은 죽음이 힘들었다면, 준비되지 않은
노년 역시 춥고 고달프다. 호스피스 환자들이 죽을 때 아
플지를 걱정한다면, 백 세 시대에 누구나 걱정하는 것은
"늙으면 아플까?"일 것이다.

완화의료를 선택한다면 누구나 통증 없이 세상을 떠
날 수 있지만, 안타깝게도 '늙으면 아플까?'라는 질문에
대한 정보는 아직도 부족하다. '노후 대책'이라고 검색해
보면 연금과 근육에 관련된 검색어가 제일 많다. 그래서
인지 자신이 운영하는 회사의 영양제를 수십 알씩 먹으
며 아름다움과 젊음을 유지한다고 소비자를 유혹하는 기
업가도 있다. 나도 근력 감소를 예방하기 위해 헬스 트레

이너 자격증을 땄다. 그런데 돈, 영양제, 그리고 우락부락한 근육만 있으면 온전하게 늙어갈 수 있을까?

죽음이 삶의 결과물이듯이 노년은 중년의 결과물이다. 어느 날 갑자기 노인이 되지는 않으므로 지금부터라도 무엇을 차곡차곡 채우고, 또 무엇을 비워내야 하는지 고민해야 한다. 건강하고 찬란한 노년의 마무리는 영원한 삶이 아니라 죽음이라는 것을 숙지하면 답이 보일 것이다.

나는 죽음을 돌보는 의사입니다

네 안에 있는 것을 꺼낸다면,
네가 꺼낸 그것이 너를 구원하리라.
네 안에 있는 것을 꺼내지 않는다면,
네가 꺼내지 않은 그것이 너를 파괴하리라.

〈도마복음〉, 예수

○

파티에 초대를 받는다. 파티 장소에 도착해보니 나를 초
대해준 여주인 말고는 아는 사람이 없다. 여주인의 따뜻
한 환영을 받으며, 내가 누구인지 알고 싶어 하는 손님들
이 있으리라는 걸 예감한다. 그들이 다가온다. 나는 수줍
음을 타는 성격이라 그런 자리에서 대화를 시작하기가
어렵다. 잠시 후 사람들이 더 모여들고, 대화가 흐른다.
저마다 자신이 누구이고 무슨 일을 하는지 말한다. 나는
그들의 몸짓과 표정을 관찰한다. 내 안에서 자라고 있는
무언가를 자극하는 불가사의한 충동을 느낀다. 나는 미
소 짓는다. 마침내 누군가 묻는다.

"당신은요? 무슨 일을 하세요?"

"의사예요."

"정말로요? 멋있어요! 무슨 과 의사예요?"

나는 순간적으로 주저한다. 뭐라고 대답할까? 노인의
학 전문의라고 말하면 대화는 뻔한 방향으로 전개될 것

이다. 머리칼이나 손톱 문제에 대한 질문이 서너 개쯤 나올 것이다. "전문가로서 노화를 늦추는 방법 좀 추천해주시겠어요?" 어쩌면, 친척이 노망든 것 같다며 그 문제에 대해 상의하는 사람도 있을 수 있다. 하지만 이번에는 다르게 대답하고 싶다. 내가 무슨 일을 하는지, 그 일이 얼마나 큰 기쁨과 보람을 주는지 이야기하고 싶다. 진실을 피하고 싶지 않다. 그런 결심을 하자 불안감이 엄습하지만 동시에 시원한 해방감도 느껴진다.

"죽어가는 사람들을 돌보고 있어요."

바닥 모를 침묵이 흐른다. 파티에서 죽음에 대해 이야기하는 건 있을 수 없다. 긴장감이 감돌고, 나는 조금 거리를 두고 서 있으면서도 사람들의 시선과 생각을 간파한다. 주위 사람들의 숨소리가 들린다. 몇몇은 시선을 돌려, 숨어들 구멍이라도 찾듯 바닥을 본다. 나머지 사람들은 "뭐라고요?"라고 묻는 표정으로 나를 계속 응시한다. 내가 얼른 그 말을 주워 담으며 사실은 그런 뜻이 아니었다고 해주기를 기대한다.

나는 이미 오래전부터 진실을 털어놓고 싶었지만 이

런 끔찍한 침묵을 예견했기에 차마 용기를 내지 못했다. 어쨌거나 후회는 없다. 나는 마음속으로 스스로를 달래며 이렇게 묻는다. '사람들이 삶에 대해 이야기하듯 죽음에 대해서도 이야기할 수 있을까? 그날이 오늘이 될 수 있을까?'

당혹스러운 침묵 속에서 어떤 이가 희미한 미소 뒤에 숨어 간신히 용기를 내어 말한다.

"와아! 정말 힘들겠네요!"

사람들이 억지 미소를 흘리고 나자 다시 침묵이 찾아든다. 2분도 안 되어 그룹이 흩어진다. 한 사람은 지금 막 도착한 친구와 이야기하러 가고, 또 한 사람은 마실 걸 가지러 갔다가 돌아오지 않고, 또 한 사람은 화장실로 향하고, 또 한 사람은 아무런 핑계도 없이 이만 실례하겠다며 자리를 뜬다.

그리고 두 시간도 지나지 않아 내가 작별 인사를 하고 파티장을 떠났을 때, 그곳엔 안도감이 감돌았으리라. 나 역시 안도했지만 한편으로는 안타깝기도 했다. 과연 사람들은 죽음에 대해 자연스럽게 이야기하고 그 과정에서 변화할 수 있게 될까?

　내가 커밍아웃을 한 그날로부터 15년이 넘게 흘렀다. 나는 여전히 죽어가는 사람들을 돌보고 있고, 당시의 지배적인 전망과는 달리 삶의 한 부분으로서 죽음에 대한 논의는 점차 설득력을 얻고 있다. 이렇게 말할 수 있는 근거는 무엇일까? 첫째는 내가 이 책을 쓰고 있고, 둘째는 많은 독자들에게 사랑받을 거라고 믿는 사람들이 있다는 것이다.

나는 누구인가

모든 걸 거꾸로 보는 여자 친구가 있었다.

그녀는 강가의 왜가리를 보는 게 아니라 왜가리 옆의 강을 보았다.

그녀는 정상적인 걸 모조리 뒤집어놓았다. 낮보다 그 반대의 것이 더 명료하다고 말했다.

그녀에게는 모든 것들이 바뀌어야 했다.

한번은 내게 말하기를, 날마다 자신의 모순들에 부딪힌다고 했다.

마노엘 드 바후스

○

내가 가진 시각은 대부분의 사람들이 스스로에게 허용하지 않는 것이지만, 그래도 나는 자신의 입장과 시각을 바꿀 용의가 있는 사람들의 주목을 끌기 위해 기회가 날 때마다 노력해왔다. 변화가 절실히 필요한 상황에서도 실제로 변화에 이를 수 있는 사람들은 소수에 불과하다. 우리를 하나로 묶어주는 것은 삶을 다르게 바라보고 새로운 길로 들어서고자 하는 마음이다. 인생은 짧기에 소중하고 뜻깊고 알차게 살아야 한다. 그리고 죽음은 삶을 새롭게 바라보아야 할 훌륭한 이유가 된다.

이 책이 독자 여러분과 나를 만나게 해주었으며, 나는 의사로서 날마다 일터에서 배운 것들, 그리고 치열하게 존재하는 다른 인간들을 돌보는 인간으로서 깨달은 것들을 독자들과 모두 나눌 수 있기를 바란다. 내가 처음부터 꼭 하고 싶은 말은, 누군가의 죽음에 대해 안다고 해서 반드시 그 사람 인생의 일부가 되는 건 아니라는 것이다. 또

한 누군가의 죽음을 곁에서 지켜보지 않아도 그 과정의
일부가 될 수 있다. 우리 모두 자신의 삶과 사랑하는 사람
들의 삶 속에 존재하며, 단지 육체적으로만 존재하는 것
이 아니라 시간으로, 행위로도 존재한다. 그리고 오로지
그 존재 안에서만 죽음은 끝이 아닐 수 있다.

세상 사람들은 죽음이라는 현실로부터 도피하는 것
이 정상이라고 생각한다. 하지만 진실을 이야기하자면
죽음은 삶으로 이어지는 다리이다.

우리는 다수가 믿고 있는 '정상적인 것'을 뒤집어야만
한다.

최초의 기억

아들아, 의사가 되고 싶으냐?

그것은 관대한 마음, 지식을 갈망하는 정신을 갖고자 하는
염원이다.

너의 삶이 어떤 모습이 될 것인지에 대해 진정으로 생각해
보았느냐?

아스클레피오스

○

이 책을 쓰고 있는 나는 인생길을 반 이상 지나왔고, 의사
로 일해온 지도 20년이 넘었다. 의사라는 직업은 많은 직
업들이 그러하듯, 선택의 이유에 궁금증을 불러일으킨
다. 왜 의학을 택했는가? 왜 의사가 되었는가? 이 길로 들
어선 사람들이 가장 많이 꼽는 이유는 가족 중에, 혹은 존
경하는 사람들 중에 의사가 있다는 것이다. 하지만 내 가
족 중에는 의사가 없었다. 다만 내가 아주 어렸을 때부터
집안에 병과 고통이 끊이지 않았다.

　이 직업을 택한 시발점은 말초동맥 질환을 앓아 절단
수술을 두 번이나 받아야 했던 나의 할머니와 관련이 깊
다. 할머니는 극심한 통증을 수반하는 궤양과 괴저로 두
다리를 잃었다. 할머니는 긴 시간 비명과 눈물로 고봉을
쏟아냈다. 하느님께 자비를 베풀어달라고, 어서 하늘로
데려가달라고 애원했다. 할머니는 병 때문에 많은 제약
을 받고 살았지만, 나를 교육시키고 돌봐주셨다.

할머니의 고통이 극에 달하는 날에는 혈관외과 의사인 아라냐 선생님이 왕진을 왔다. 내 기억 속의 그는 거의 초자연적인 존재에 가까운 천사 같은 모습이었다. 그는 거구였고, 잿빛 머리칼에 고정력이 강한 젤을 발라 세심하게 빗어 넘기고 다녔다. 그리고 좋은 냄새를 풍겼다. 또 키가 아주 컸는데, 진짜로 컸는지 아니면 내가 다섯 살밖에 안 된 꼬마라 그렇게 보였는지는 모르겠다. 늘 빳빳하게 풀을 먹인 흰 셔츠를 입었고, 가죽 허리띠에 흠집이 나 있었지만 버클은 항상 반짝거렸다. 커다랗고 붉은 손에는 언제나 작은 검정색 가방을 들고 있었다. 내 눈은 선생님 손의 움직임을 따라다녔고, 나는 할머니 방에서 벌어지는 일들을 전부 보고 싶었지만 번번이 밖으로 내보내졌다. 그러나 가끔 어른들이 문 닫는 걸 깜빡 잊으면 그때마다 살짝 열린 문틈으로 모든 과정을 지켜보곤 했다.

할머니는 아라냐 선생님에게 통증에 대해, 상처에 대해 호소했다. 할머니는 울었다. 그러면 아라냐 선생님은 할머니를 위로하며 손을 잡아주었다. 마치 그의 거대한 손이 할머니의 모든 고통을 감싸 안는 듯 보였다. 그다음

에 그는 붕대를 갈고 나의 어머니에게 새로운 치료법에
대해 설명했다. 그는 처방전을 남기고 내 머리를 쓰다듬
으며 미소를 보냈다.

　"나중에 커서 뭐가 되고 싶니?"

　"의사요."

해줄 수 있는 게 없습니다

언젠가 죽게 될 존재들의 신비한 삶을 온전히 받아들일 때
가 왔다.

클라리시 리스펙토르

○

나에게 아라냐 선생님은 세상에서 제일 힘세고 신비한
존재였다. 그는 우리 할머니를 치료한 후에도 항상 조금
더 머물렀다. 어린 내가 초롱초롱한 눈으로 지켜보는 가
운데 커피와 타피오카 비스킷, 오렌지 케이크를 앞에 두
고 그 거대한 손으로 제스처를 해가며 유쾌하게 담소를
나눴다. 그러다 떠날 때가 되면 내 이마에 키스하고, 내게
도 그의 이마에 키스하게 했다. 그는 언제나 평화를 남기
고 떠났다. 놀랍게도 할머니는 아라냐 선생님을 만난 것
만으로도 한결 나아졌다. 어머니도 새 처방에 대한 희망
에 부풀어 다시 미소를 짓기 시작했다.

    삶은 부침을 겪으며 이어졌고, 할머니는 병의 자연스
러운 진행에 따라 두 다리를 절단하게 되었다. 절단 후 통
증이 사라지리란 희망도 오래가지 못했다. 통증은 계속되
었다. 할머니는 환상통(절단된 사지에서 느끼는 실재하지 않
는 통증. 'dor fantasma'을 그대로 옮기면 '유령 통증'이 됨—옮긴

이)을 겪었고, 그건 어린아이에게 무시무시한 진단이었다. 유령 통증이라니? 그렇다면 악령을 쫓아내듯이 떨쳐버릴 수는 없을까? 다른 곳으로 보낼 수는 없을까? 연옥에서 빼내어 통증의 천국으로 올라가도록 풀어줄 수 없을까? 아니면 지옥에 떨어져서 영원히 갇혀 다시는 아무도 괴롭히지 못하게 할 수는 없을까?

살아 있는 상태에서 유령 통증과 싸우려면 어떻게 해야 할까? 나는 스스로에게 물었다. 기도는 효과가 없었다.

나는 인형들의 다리를(가느다란 다리든 두꺼운 다리든) 모조리 절단했다. 모든 인형들이 잔혹한 운명을 피하지 못했다. 로시타만이 다리를 지킬 수 있었는데, 공장에서 만들어질 때부터 부처님처럼 가부좌를 틀고 있었던 것이다. 나는 오늘날까지도 스스로에게 묻는다. 앉은뱅이의 삶을 선택한다면 걸어 다니며 살다가 다리를 잃는 걸 면할 수 있을까? 하지만 나는 앉은뱅이로 살고자 해도 삶이 흔적을 남길 것임을 상기하려고 로시타의 다리에 볼펜으로 수술 자국을 그려 넣었다. 그리하여 나는 일곱 살에 아픈 인형들을 돌보는 병동을 운영하게 되었다. 내 병원에서는 아무도 고통에 시달리지 않았다. 치료 사이사이에 인형들을 앉혀놓고 학교에서 배운 걸 가르쳤다. 할머니는 그런 내 모습을 볼 때마다 재미있어하며 묻곤 했다.

"마음이 바뀐 거니? 선생님이 될 거야?"

"둘 다 될 거예요, 할머니! 누구나 아픈 게 나으면 뭔가를 배우고 싶거든요!"

할머니는 웃으며 내 병원에서 치료를 받고 싶다고 말했다. 나는 할머니를 돌봐드리겠다고, 다시는 아프지 않게 해주겠다고 약속했다. 그리고 할머니도 아픈 게 나으면 수업을 받고 싶은지 물었다. 할머니는 그렇다고 대답했다.

"글자 읽는 법을 가르쳐주겠니?"

"그럼요, 할머니!"

할머니가 미소 지었다. 나의 천진한 확신이 할머니를 기쁘게 한 모양이었다.

나는 열여덟 살에 상파울루 대학에 들어갔다. 처음에는 의학을 공부하고 있다고 믿기 어려웠다. 수업 시간에 배우는 과목들은 정말로 암울했다. 생화학, 생물물리학,

조직학, 발생학… 특히 해부학을 통해 인간의 삶에서 우
리가 볼 수 있는 것이라고는 죽음뿐이라는 것을 배웠다.
첫 해부학 수업이 너무도 또렷하게 기억난다. 넓은 방에
많은 테이블들이 있었고 그 위에 분해된 시신들이 놓여
있었다. 카데바(해부용 시체를 뜻하는 의학 용어—옮긴이)였
다. 나는 무서울 거라고 생각했으나, 카데바들이 사람으
로 느껴지기보다 이질적이고 낯설어서 동기들의 우는 소
리나 두려움을 무시할 수 있었다. 나는 카데바의 얼굴을
찾아보았고 젊어 보이는 얼굴을 발견했다. 그 얼굴은 몹
시도 황홀한 표정을 짓고 있었다. 나는 옆 동기에게 그 표
정에 대해 말했다.

"저 얼굴 좀 봐! 정말로 아름다운 걸 보면서 죽은 게 분
명해."

그녀는 움찔하며 나를 이티 보듯 쳐다봤다.

"너 괴상하다."

해부실에서 실습용 표본의 얼굴들을 보며 내 나름으
로 저마다의 이야기를 만들어보려 했다. 해부학 과정이
진행될수록 나는 외계인이 된 기분을 느꼈다. 3학년 말에

병력 청취, 즉 환자를 면담하는 문진을 배웠다. 환자를 만나 이야기하는 법에 대한 상세한 지침이 나를 안전한 길로 인도해주리라 여겼다.

하지만 그 과정에서 얼마나 잘못된 길로 빠질 수 있는지 곧바로 깨달았다. 나는 내과 병동에서 환자를 배정받았고, 안토니우를 만났다. 면담 전 안토니우의 핵심 정보를 교수님에게 미리 전달받은 상태였다. 남성, 기혼, 알코올중독, 흡연, 자녀 두 명, 간경화, 간암, B형간염 말기. 당시에는 병실 문에 네모나고 작은 창문이 있어서 안으로 들어가지 않고도 병실을 들여다볼 수 있었다. 복잡한 병력을 가진 환자와 처음으로 이야기할 생각에 잔뜩 겁에 질려 한참 동안 문 앞에 서 있었던 기억이 난다. 그 만남이 내 마음속에서 두려움, 죄책감, 바닥 모를 공포를 유발하게 될 줄은 상상도 하지 못했다.

나는 깊은 경의와 두려움을 가득 안고 병실로 들어갔다. 안토니우는 에나멜 칠이 갈라지고 벗겨진 철제 의자에 앉아 창밖을 내다보고 있었다. 그의 모습은 섬뜩했다. 몸은 수척했지만 배가 몹시 부풀어 올라 흡사 다리 네 개

달린 거대한 거미 같았다. 피부는 시커멓고 누렇게 뜬 상
태였으며, 얼굴에는 주름이 깊게 패여 있었다.

그의 몸은 심하게 얻어맞기라도 한 것처럼 멍투성이
였다. 안토니우는 나를 보고 고개를 숙여 인사하고 나서,
이 빠진 입을 벌려 정중한 미소를 보냈다. 나는 내 소개를
하고 잠시 이야기를 나눌 수 있는지 물었다.

그는 침대로 가 몹시도 힘겹게 발 받침대를 딛고 올
라가 천천히 누웠다. 나는 그의 과거에 대해 자세히 묻는
괴로운 면담을 시작했다. 언제 걸음마를 시작했습니까?
말을 시작한 건 언제였습니까? 어릴 때 어떤 질환을 앓았
습니까? 가족력은 어떻게 되나요… 그다음에는 현재 상
태를 물었다. 그가 가장 힘들어하는 건 복부 통증으로, 오
른쪽 갈비뼈 바로 아래가 아프다고 했다. 그리고 배가 너
무 커져서 숨쉬기가 힘들다고 했다. 밤이면 너무 무섭고
통증이 더 심해진다고 했다. 통증이 심해지면 두려움도
더 커진다면서 혼자 있는 것이, 혼자 죽음을 맞이하는 것
이 두렵다고 했다. 아침에 깨어나지 못할까 봐 두렵다고
했다.

　　그는 눈물을 글썽이며 다 자업자득이라고 말했다. 평
생 나쁜 인간으로 살았다는 것이었다. 아내가 하느님이
벌을 내리는 거라고 말했는데, 그녀 말이 옳다고 생각한
다고 했다. 그가 하고 있는 말과 내가 하고 싶은 말 사이
의 간극은 넓어져만 갔다. 시간이 흐를수록 안토니우의
엄청난 고통 앞에서 대화를 한다는 것이 불가능함을 점
점 더 절실히 깨달았다. 나는 침묵의 우물 속으로 움츠러
들었다. 그를 진찰할 때가 되었다는 판단이 섰지만 실행
에 옮길 수 없었다. 그의 몸을 만질 엄두가 나지 않았다.
이제 두려움에 휩싸인 건 나였다. 그를 만지면 그의 고통
이 느껴질 것만 같은 망상에 빠졌다. 그러면서도 한편으
론 그에게 더 큰 고통을 주게 될까 봐 두려웠다. 결국 나
는 도움을 청하러 나갔다.

　　먼저 간호사실로 갔다. 담당 간호사에게 안토니우의
통증을 줄여줄 약을 더 줄 수 있는지 물었지만 그녀는 읽
고 있던 서류에서 시선조차 떼지 않고 건조하게 답했다.

　　"방금 디피론(해열진통제―옮긴이)을 줬어요. 약효가
나타날 때까지 기다려야 해요."

"하지만 아직도 아프대요! 약 먹은 지 한 시간이 넘었어요." 내가 대답했다.

"다음 복용 시간까지 기다려야 해요. 달리 해줄 수 있는 게 없어요. 앞으로 다섯 시간 후예요." 간호사가 말했다.

"지금은 어쩌고요? 계속 통증에 시달려야 하는 건가요? 해줄 수 있는 게 없다니, 그게 무슨 뜻이죠?"

"이봐요, 학생," 간호사가 비꼬는 투로 쏘아붙였다. "학생이 나중에 의사가 되면 환자에게 약을 더 줄 수 있겠죠. 나도 진정제를 투여해야 한다고 당직의를 설득했어요. 안토니우는 가능한 한 빨리 죽는 게 나아요."

"죽어요? 그래도 최소한 죽기 전까지는 고통을 덜 받을 수 있는 것 아닌가요?"

간호사는 시선을 떨구고 다시 서류 작업에 집중했다. 나는 그녀를 붙잡고 실랑이해봐야 소용이 없다는 걸 깨닫고 교수님을 찾으러 갔다. 그는 의사 휴게실에서 다른 의사들과 커피를 마시고 있었다. 나는 교수님에게 환자가 통증이 심해서 진통제를 더 준 다음에야 진찰을 할 수 있을 것 같다고 말했다. 하지만 내게 돌아온 건 질책뿐이었다. 안토니우는 말기 환자라 병원에서도 그에게 해줄 수 있는 게 없다는 것이었다. 그때 비로소 나는 병원에서 불치병으로 죽는 것이 어떤 의미인지 깨달았다. 세상의 고통을 혼자 다 짊어진 것 같은 환자에게 끔찍한 목소리가 메아리처럼 울리고 있었다. "해줄 수 있는 게 없어요… 해줄 수 있는 게 없어요."

나는 4학년 첫 학기까지 많은 죽음을 보았다. 거기에는 예상했던 죽음도, 예기치 못한 죽음도 있었다. 중병에 걸려 끔찍하게 죽어가는 아이들, 에이즈와 암에 걸린 청년들, 심신을 쇠약하게 만드는 만성질환으로 오랫동안 고통에 시달리다 죽어가는 수많은 노인들까지 응급실 문간에서 홀로 죽어가는 많은 사람들을 보았고, 그때마다 더 이상 버틸 수 없다는 생각이 굳어져갔다.

나는 의대 4학년 중간쯤 대학을 떠났다.

마침 집안에도 위기가 닥친 시기였다. 가족의 건강 문제도 심각한 데다 경제적 어려움도 컸다. 가정 형편이 내게 대학을 떠날 빌미를 제공했다. 당장 일자리를 구해야 할 처지였지만 앞으로 어떻게 살아야 할지 몰라 두 달 동안 두문불출하며 집에만 틀어박혀서 지냈다. 아주 독한 폐렴에 걸렸을 때도 병원에 입원하기를 거부했다. 난생 처음 진심으로 죽고 싶다는 생각이 들었다.

가장 힘든 시기가 지나고 백화점에서 일하기 시작했지만, 날마다 나의 진정한 소명에 대한 조바심이 커져갔다. 나의 소명은 의사가 되는 것인데 그 소명에 어떻게 응해야 할지 알 수가 없었다. 그렇게 시간이 흘러갔고, 나는 병원에서 죽음을 기다리는 방치된 생명들의 세계에서 멀어졌다. 하지만 소명 의식이 가슴속에서 계속 메아리쳤고, 더 이상 그 소리를 잠재울 수가 없었다. 설령 재능이 부족하더라도 버텨보기로 결심했다. 또 누가 알겠는가? 나도 다른 사람들처럼 그 모든 것들에 적응하게 될지.

나는 대학으로 돌아간 다음 소외된 동네에 있는 산부인과 병원에서 자원봉사를 시작하기로 결심했다. 그리하여 진통이 와도 할 수 있는 거라고는 소리 지르는 것밖에 없는 산모들의 등을 쓰다듬어주며 밤을 보냈다. 당시에는 정상분만의 경우 마취제를 쓸 수 없도록 규제하고 있어서 산모들은 고통을 견디는 것밖에 다른 도리가 없었다. 나는 불필요한 고통을 다룰 필요 없이 의사 노릇을 할 수 있는 길을 마침내 찾았다는 생각이 들었다. 산모들의 고통은 지나갈 것이고, 아기를 만나는 기쁨이 시련의 시간을 의미 있게 만들어주리란 걸 알았다. "사람들은 이유가 존재하는 한 어떤 방식이든 견뎌낼 수 있다"라는 니체의 말을 나도 믿었다.

1년 후, 마침내 나는 살아 있는 환자들로 인한 큰 고통에 시달리지 않고 4학년 과정을 마쳤다. 전혀 다른 것, 전에는 생각해본 적도 없던 것이 마법의 힘을 발휘했는데, 법의학 수업을 좋아하게 된 것이다. 당시 나는 검시관실과 시체 안치소에서 이루어지는 부검에 참여했다. 임상해부학 수업에서는 환자 사례가 제시되면 진단상의 가설에 대해 논의했다. 마지막으로 병리 의사가 와서 명확한 사인을 밝히는 부검 결과를 내놓았다. 5학년 때는 인턴을 돌았고 산부인과부터 시작했다. 다른 병원에서 이미 분만에 참여한 경력이 있었던 터라 썩 잘 해냈다. 그때쯤에는 내가 의사라는 직업을 진심으로 사랑한다는 확신을 얻게 되었다.

나는 의대에서 극심한 고통에 시달리며 죽어가는 사람을 볼 때마다 (병원에서는 그런 일이 다반사다) 그 사람에게 더 해줄 만한 조치가 없는지 물었고 모두 이렇게 대답했다. "해줄 수 있는 게 없어." 그 말이 목구멍에 걸렸다. 해줄 수 있는 게 없다는 말이 가슴을 깔고 앉아 아프게 짓눌렀다. 나는 늘 울었다. 분노와 좌절과 연민으로 울었다. 해줄 수 있는 게 없다니, 그게 무슨 소린가? 나는 그런 무능에 대한 의사들의 무관심을 용납할 수 없었다. 영원히 사는 사람은 아무도 없으니 죽음을 막지 못하는 건 어쩔 수 없는 일이겠으나, 어째서 환자들과 그 가족들을 방치한단 말인가? 어째서 환자들에게 진정제를 투여하여 모든 의사소통을 차단해버린단 말인가? 내가 배우고 있는 것과 알아야만 하는 것 사이에는 너무도 큰 간극이 있었다.

곧 사람들이 나를 조롱하기 시작했다. 아픈 환자의 모습을 견디지 못하는 의사라니, 그게 가능하기나 한가? 아니, 불가능하다. 나는 의과대학 사진부에서 도피처를 찾았다. 카메라 뒤의 눈물은 아무도 보지 못한다. 사진사의 영혼은 작품을 통해서만 드러난다. 나는 다른 사람들이 보지 못하는 것들을 볼 수 있었지만, 내가 진실이라고 느끼는 것들을 말하기에는 아직 너무 일렀다. 그래서 침묵을 지키며 계속 나아갔다.

외과 의사이자 작가인 아툴 가완디는《어떻게 죽을 것인가》에서 이렇게 말한다. "나는 의과대학에서 많은 것들을 배웠지만 사망은 거기 포함되지 않았다." 의과대학에서는 아무도 죽음에 대해, 죽는 게 어떤 것인지에 대해 이야기하지 않는다. 심각한 불치병 말기의 환자를 어떻게 돌볼지에 대해 논의하지 않는다. 교수들은 내 질문을 피했고, 심지어 나에게 환자들과 거의 관련이 없거나 접촉이 없는 전공을 선택하라고 조언하는 교수들도 있었다. 내가 너무 예민해서 자신들처럼 고통에 시달리지 않고 환자들을 돌볼 수 없으리란 것이었다.

의대 학부 과정은 의심할 바 없이 내 인생에서 가장 힘든 시기였다. 그 과정을 마치면서 나는 노인의학을 선택했다. 노인들을 돌보다 보면 죽음을 보다 생리학적이고 자연스러운 것으로 받아들이게 될지도 모른다고 생각한 것이다. 하지만 나는 정신과 의사 엘리자베스 퀴블러 로스의 책 《죽음과 죽어감》을 한 간호사에게 선물 받은 뒤에야 비로소 처음으로 답을 얻을 수 있었다. 그 책에는 삶의 마지막을 향해 가는 환자들의 체험담과, 마지막 순간에 그들 가까이에서 도움을 주고 싶어 하는 엘리자베스 퀴블러 로스의 소망이 담겨 있었다. 나는 그날 밤 단숨에 책을 다 읽었고, 다음 날 가슴을 짓누르던 고통이 진정된 것을 느꼈다. 그제서야 미소를 지을 수 있었다. 그리고 마음속으로 이렇게 다짐했다. '그들에게 해줄 수 있는 걸 배우겠어.'

이후 응급실에서 근무하게 되면서 더 자율적으로 생각하고 행동할 수 있었다. 병의 진행에 대해 이해하자 일이 한결 수월해졌다. 마음이 평온해졌고, 환자들에게 관심을 기울여주는 것이 빠른 회복에 도움이 된다는 사실을 깨달았다. 그들과 대화를 나누고 병을 넘어 그들의 삶에 대해 알게 되는 것이 정말로 좋았다.

나는 사람들이 보물을 캐듯 이야기를 캐는 걸 좋아한다. 그
리고 언제나 이야기는 캘 때마다 나온다.

돌봄을 위한 자세

네 이웃을 네 몸과 같이 사랑하라.

예수

○

나는 의사로 일하는 내내, 그리고 공개적으로 운명을 받아들이기 훨씬 전부터 죽어가는 사람들을 돌보겠다는 과감한 목표에 부응하는 삶을 살았다. 삶의 마지막 단계에 드리워진 고통은 돌봄을 갈구하는데, 나는 자신의 죽음을 절실하게 인식하는 사람들을 돌보는 것이 좋았다. 그래서 완화의료 연구에 삶의 많은 부분을 바쳐왔는지도 모른다. 나의 경력은 생명을 위협하는 심각한 불치병과 싸우는 환자들에게 의학이 제공할 수 있는 다면적이고 포괄적인 돌봄에 집중되어 있다. 나는 더 전진할 것이다. 나의 삶은 스스로를 돌보는 것이 다른 사람들을 돌보는 것만큼 중요하다는 진리를 발견한 순간부터 새로운 의미로 충만해질 수 있었다.

하지만 모든 의료인들(그중에서도 특히 의사들)이 그렇듯이 나 역시 꽤 오랫동안 그 소중한 진리를 간과하고 살았다. 점심 먹을 시간, 잠잘 시간, 운동할 시간, 웃을 시간,

울 시간, 하다못해 숨 쉴 시간조차도 없이 일한다고 말하면 사회에서 높은 평가를 받는 듯하다. 일에 대한 헌신은 사회적 인정, 왜곡된 방식으로 스스로를 중요하고 가치 있는 존재로 느끼는 것, 자신이 있어야만 세상이 돌아간다고 주위의 모든 사람들이 믿게끔 만들고 싶어 하는 것과 밀접한 관련성을 갖는다. 나는 무선호출기가 세 대, 휴대전화가 두 대였고, 거의 주말마다 당직을 섰다. 게다가 경제적 어려움도 있었다. 부모님과 자매들의 생활비를 보태야 했던 것이다. 나는 그렇게 5년 동안 종양 전문의 팀을 보조하며 악착스럽게 일했다.

그 팀과의 마지막 해에 (그때쯤 나는 완화의료 연구와 타고난 공감 능력, 그리고 헌신적인 태도로 많은 인정을 받게 되었다) 종양 전문의들이 내게 재택치료 환자들을 많이 배정해주었다. 암이 상당히 진행되어 치유되거나 통제될 희망이 없는 상태로 집에서 완화의료를 받는 이들이었다.

재택치료는 힘들고 끔찍했는데, 완화의료에 대한 이해가 없는 사람들과 함께 일해야 했기 때문이다. 나는 지친 나머지 마음이 너덜너덜해진 기분이 들었다. 그러다 대장암 진단을 받은 23세 환자 마르셀루가 내 삶으로 들어왔다. 그의 경우 빠르게 진행된 암이 종양학적 치료에 반응을 보이지 않았다. 퇴원할 때 그의 어머니가 재택치료에 꼭 내가 와야 한다고 고집했다. 그녀는 집에서 아들과 마지막 시간을 보내고 싶어 했다. 환자 자신도 그러기를 원했다. 나는 으쓱한 기분을 느끼며 그녀의 요청을 받아들였다.

첫 방문, 환자의 통증이 심하다. 통증은 며칠 안에 잡히지만 졸음이 이어진다. 암이 간으로 전이되어 환각에 빠진 마르셀루는 공포에 찬 비명을 질러댄다. 상파울루에 폭우가 쏟아지던 어느 금요일 저녁, 마르셀루의 집에 가보니 종양 덩어리들 때문에 그의 복부가 일그러져 있었다. 그가 구토한다. 한 번, 두 번, 세 번. 방 안에 피와 대변이 뒤섞여 흐른다. 방에서 죽음의 냄새가 풍긴다. 그가 소리친다. 그러다 나를 보고 두 팔을 내밀며 미소를 보낸다. 그는 다시 비명을 지르고, 눈에 공포가 어려 있다. 그런 끔찍한 공포는 처음 본다. 간호조무사가 겁에 질린다. 거실에서는 마르셀루의 어머니와 할머니가 잔뜩 웅크린 자세로 향을 피워놓고 주문을 왼다. 냄새를 견디기 힘들다. 피, 대변, 향, 공포. 죽음.

　나는 마르셀루의 마지막 순간에 대비하여 준비해둔 비상용 가방을 연다. 안에 든 건 소생제가 담긴 약병뿐이다. 모르핀이 필요하다. 마르셀루, 나, 그리고 온 세상을 위해. 나는 마르셀루의 모든 고통과 무기력을 진정시켜야 한다. 병원에 모르핀을 요청했지만 약이 올 때까지 기다려야만 한다. 마르셀루의 어머니는 아들을 병원으로 옮기고 싶어 하지 않는다. 끝까지 집에서 돌보겠다고 아들에게 약속한 것이다. 마르셀루가 도와달라고 애원한다. 나는 모르핀이 도착할 때까지 네 시간 가까이 기다린다. 간호조무사의 손이 너무 심하게 떨려서 주사 준비를 하지 못한다. 내가 직접 주사하고, 마르셀루를 위로하며 기다린다. 그가 잠이 든다. 집에 평화가 찾아들고, 어머니가 고맙다며 나를 껴안는다.

　그날 나는 나 자신이 누구였는지 모르겠다. 비가 억수같이 쏟아진다. 차에 탄 나는 울기 시작한다. 눈물이 비처럼 쏟아지지만, 흐느낌은 빗소리에 파묻힌다. 사방에서

비가 퍼붓는다. 전화벨이 울린다. 간호조무사다. "아나 선생님, 마르셀루가 사망한 것 같아요." 나는 사망 증명서를 쓰러 다시 돌아가야 한다. 더 견딜 수 있을까? 죽음은 마르셀루가 진정된 상태에서 찾아왔다. 나는 밤의 어둠을 내다본다. 하늘을 본다. 어느새 비가 그쳤다.

어지러운 꿈속에서 그 장면으로 돌아간다. 도와달라는 외침을 듣다가 비명을 내지르며 악몽에서 깨어난다. 화장실로 가서 세수를 한다. 거울을 보니 마르셀루가 있다. 맙소사, 환각을 일으킨 것이다… 그게 아니면 아직 꿈을 꾸고 있는 걸까? 나는 심리치료사에게 전화해서 도움을 청한다. 울면서 애원한다. "더 이상 못 견디겠어요! 더 이상 환자를 보고 싶지 않아요! 의사 노릇을 하고 싶지 않아요!"

그로부터 42일 동안 일을 쉬었다. 휴대전화도, 무선호출기도 없었다. 그러고 나서 병원으로 돌아가 사식서를 냈다. 점차 삶이 정상으로 돌아왔다. 많은 커피, 많은 차, 많은 대화. 특히 당시 내 심리치료사였던 크리스와 많은 대화를 나눴다. 나에게 일어난 일에 대한 설명을 찾기 시

작했다. 마르셀루의 죽음과 나 자신에 대한 진단을 내렸
다. 연민 피로, 극심하고 강력한 2차적 외상 후 스트레스.
연민 피로 혹은 2차적 외상 후 스트레스는 자신의 공감력
을 주 도구로 삼아 환자들을 돕는 의료인들이나 자원봉
사자들에게서 가장 흔하게 나타난다. 환자의 극심한 고
통을 다뤄야만 하는 사람들은 결국 자신의 것이 아닌 통
증을 흡수한다. 나의 가장 훌륭한 재능인 공감력으로 인
해 직업적으로 가장 큰 고통에 시달리고 있었던 것이다.
아이러니가 아닌가? 이제 어떻게 해야 할까? 많은 질문
들에 아직 답을 얻지 못한 상태였고, 그중 가장 고통스런
질문은 '환자들의 고통을 오롯이 느끼지 않으면서 그것
을 효과적으로 다룰 수 있는 방법이 있을까?'였다.

　나는 심리치료를 받으며 내 안에 아직 다리가 놓이지
않은 깊은 골이 많다는 걸 알게 되었다. 그 험준한 바위들
과 절벽들의 무시무시한 높이에 번번이 눈앞이 캄캄해졌
다. 시선이 닿는 곳마다 새로운 도전과 마무리되지 않은
일이 놓여 있었다. 이제 어쩐단 말인가? 이 모든 게 무엇
을 위함인가?

2006년 3월 1일 —————————

긴장된 하루. 오전 7시가 되기 전에 병원에 도착했는데 벌써 환자 네 명이 입원해서 나를 기다리고 있다. 저녁 회진을 돈 의사와 이야기할 시간이 없었고, 지금 나는 늦었다. 탈진 상태로 침대에서 일어나 출근했는데 아침 7시에 벌써 늦을 걸 걱정하다니 놀랍지 않을 수 없다. 시간이 빠듯하지만 우선 환자 기록을 읽고 지난 24시간 동안 무슨 일이 있었는지 파악해야 한다. 동료 의사의 필체를 알아보기가 어렵다. 짜증이 치민다. 위장이 아파온다. 커피를 줄여야 할 것 같다.

첫 번째 병실에 들어간다. 여성, 39세, 이혼. 십 대 아들이 보호자용 소파에서 아직 곤히 자고 있다. 환자가 훌쩍거린다. 병명은 전이성 폐암. 그녀는 비흡연자다. 노르핀 펌프를 삽입한 지 사흘째인데 여전히 극심한 통증을 호소한다. 부작용에 몹시 민감해서 이상적인 용량을 정하기가 어렵다.

나는 한순간 새로운 시각으로 그 장면을 본다. 환자를 관찰하다가 느닷없이 내가 그녀가 된다. 엄청난 충격이다. 심장박동이 불편해진다. 또 두근거림이 시작된 걸까? 부정맥으로 진행되는 건 아닐까? 커피를 너무 많이 마신 탓이다. 비정상적인 심장박동 때문에 겁이 난다. 환자를 다시 보자 이제야 그녀가 제대로 보인다. 세상에, 내가 환각을 일으킨 건가? 아무래도 수면 유도제를 끊어야겠다는 생각이 든다. 단순한 항히스타민제이지만 일상적으로 복용하기 시작했던 것이다. 거의 매일 밤 불면증에 시달리는 나는 나흘 밤을 못 자다가 닷새째에 완전히 지쳐서 깊은 잠에 빠져든다. 그러고 나면 새벽 3시에 깨서 다시 잠을 이루지 못한다. 두근거림. 심장에 문제가 생긴 게 분명하다. 커피 때문이리라.

자신만의 현실들을 창조해내는 것 말고 스스로를 구원할 수
있는 방법이 있을까?

클라리시 리스펙토르

2006년 3월 6일 ————————

심리치료를 다시 고려해본다. 모든 게 뒤죽박죽이다. 또다시 두근거림. 휴식을 취해야만 한다. 도무지 멈출 수가 없는데도 어딘가로 가고 있는 것 같지도 않다. 당면한 문제들에 대해 이야기하는 것만으로도 지친다. 석 달 가까이 명상을 해보려고 애썼는데 성과가 없다. 모든 것이 허무하다. 세상이 잿빛으로 보이는데도 나는 작동 상태를 유지하며 산다. 새벽 4시, 어둠 속에 누워 저울질만 하고 있다. 복통이 찾아온다. 잠이 든다. 자는 게 너무도 좋다! 10분쯤 지났을까, 휴대전화가 울린다. "아나 선생님, 방금 스미스 씨가 응급실로 들어왔습니다. 언제쯤 오실 수 있는지 보호자들이 알고 싶어 합니다." 나는 시계를 흘끗 본다. 아침 6시 반. 지금 가요, 지금.

나는 벼랑 끝으로 몰리고 있다. 오늘 통증이 하나 더 생겼다. 허리가 욱신거려서 앉아 있어야 하지만 걸어야 한다. 삶이 계속 나아가라고 명령한다.

2006년 3월 8일 ————————

"안녕, 애니! 여성의 날 기념식에 올 거지?"

오늘이 여성의 날이었지만, 상파울루 의사 협회에서 열리는 기념식은 이틀 후로 예정되어 있었다. "아니, 도저히 갈 수 없어"라고 대답하고 싶은 마음이 굴뚝같았다. 하지만 차마 그러지 못하고 "응, 당연히 가야지"라고 말한다. 기념식은 평일에 열리는데, 그날 내가 약속한 일들을 다 해내려면 복제 인간이라도 하나 만들어야 할 지경이다. 두근거림이 잦아졌다. 할 일에 대해 생각만 해도 가슴이 죄어든다. 배 속이 화산처럼 들끓는다. 허리가 욱신거린다. 몸의 불편함이 크다 보니 정신적 불만에 주목하기가 어렵다. 심리치료를 중단할 생각이다. 비용이 너무 부담스럽다. 나는 빚더미에 올라앉았다. 계속 가족을 도와주고 있다. 도저히 거절할 수가 없다. 나는 거절이란 걸 하지 못하는 사람이고, 언제나 기꺼이 도움을 줄 준비가 되어 있다. 그리고 도와준다.

2006년 3월 9일 ──────────

회진. 39세 여성이 고통에 시달리고 있다. 환자의 몸속에
선 죽음이 급속히 진행 중이다. 그녀의 전남편이 문병을
왔다. 나는 병원 복도에서 그와 이야기한다. 고통은 거의
끝나가고 있다. 아들이 대기실 소파에 앉아 발아래 바닥
의 심연을 응시하고 있다. 운동화가 찢어졌다. 풀린 운동
화 끈 옆으로 작은 눈물 웅덩이가 생긴다. 그 광경이 너무
가슴 아파서 휘청거린다. 연민으로 위장이 아파온다. 끊
어야 하는데 끊지 못하는 커피 때문이리라. 비용이 너무
부담스러운 심리치료 때문이리라. 갚을 수 없는 빚 때문
이리라. 그래, 불면증 때문이리라. 내 심장에 문제가 생긴
게 분명하다.

2006년 3월 10일 ─────────

여성의 날 기념식에 간다. 휴대전화에 사람들이 보낸 찬
사와 축하 메시지들이 가득하다. 여성은 유연하지만, 나는
몸이 반으로 접히다시피 했다. 허리 통증이 심상치 않다.

여러모로 힘들지만 행사를 주관한 이라시에게 참석
하겠다고 약속했고, 그녀를 실망시킬 수는 없다. 나는 온
세상 사람들을 실망시키지 못한다. 러시아워에 시내 한
복판으로 들어가는 원대한 계획을 세운다.

좀 늦게 도착했지만 다행히 행사도 지연되었다. 앉을
자리가 없어서 옆문 계단 한 귀퉁이에 선다. 허리가 마비
될 것만 같고, 그 생각에서 벗어날 수 없다. 기념사가 끝
나고, 내 마음은 배회한다. 축하 공연이 시작된다. 〈섬김
의 지도자 간디〉라는 제목의 연극이다.

훌륭한 배우다. 사람들은 하나의 역할을 할 때 어쩌면
저토록 멋지게 변신할 수 있는 걸까? 그동안 내가 해온
역할들에 대해 생각해보니 전부 엉망이었던 것만 같다.

나는 훌륭한 엄마도, 훌륭한 아내도 아니다. 훌륭한 의사
가 되기 위해 최선의 노력을 기울였으나, 무엇을 하고 있
는지에 대한 회의가 들기 시작했다. 오늘 친구들과 대화
를 나눴지만 수년간 똑같은 불평을 하고 있는 그들에게
짜증이 난다. 사람은 왜 바뀌지 않을까? 나는 왜 바뀌지
않을까? 내 삶, 내 머리칼, 이 나라, 이 행성은 왜 바뀌지
않을까? 나는 녹초가 된 상태에서 격심한 허리 통증이 다
시 시작되는 걸 느끼지만 그대로 견딘다. 통증을 안고 사
는 건 자업자득이다.

　　한 어머니가 아들을 데리고 마하트마 간디를 찾아가
서 간청했다.
　　"마하트마, 제발 부탁입니다. 제 아들에게 설탕을 먹
지 말라고 말해주십시오."
　　간디는 잠시 생각하더니 어머니에게 말했다.
　　"2주 후에 아들을 데리고 다시 오시오."
　　2주 후 어머니는 아들을 데리고 간디를 다시 찾아갔다.
　　간디가 소년의 눈을 깊이 들여다보며 말했다.

"설탕을 먹지 마라."

어머니는 고마우면서도 영문을 몰라 물었다.

"왜 저에게 2주를 기다리라고 하셨습니까? 2주 전에 왔을 때 똑같은 말씀을 해주실 수 있었는데요!"

간디가 대답했다.

"2주 전에는 나도 설탕을 먹고 있었소."

연극이 끝났지만 박수도 못 치고 그대로 서서 영혼이 발가벗겨진 기분으로 간디를 바라본다. 신의 계시다. 분명 신의 계시다. 그 순간 나는 의사의 길에서, 그리고 인생길에서 커다란 도약을 이루게 될 것임을 깨닫는다. 그날 나는 오랫동안 찾아 헤맨 위대한 답을 얻었다. 환자들이 온전한 인간으로서 포괄적인 돌봄을 받을 수 있도록 해주는 나의 모든 일들은 우선 나 자신과 내 삶을 보살피는 데 헌신한 뒤에야 의미를 지닐 수 있다. 나는 신앙심이 깊었던 때를 돌아본다. 예수님의 가장 중요한 가르침들 가운데 하나가 떠오른다. "네 이웃을 네 몸과 같이 사랑하라." 내가 환자들과 내 가족, 친구들을 위해 해온 모든 것

들이 견딜 수 없을 정도로 짐스러운 하나의 거대한 위선
이라는 결론에 도달한다. 내 안에 들어 있으리라고는 상
상조차 하지 못했던 힘과 평화로 충만해진 나 자신을 본
다. 그날 이후로 내가 올바른 길로 들어섰다는 확신을 갖
게 된다. 나는 자신을 돌보고 있기에 다른 사람들의 고통
을 보살필 수 있다.

완화의료와 안온한 엔딩

완화의료는 생명을 위협하는 질환과 관련된 문제에 직면한 환자와 그 가족의 삶의 질을 향상시키기 위한 접근으로, 조기 진단과 정확한 평가, 그리고 통증과 기타 신체적, 심리사회적, 영적 문제의 치료를 통해 고통을 미연에 방지하고 경감시킨다.

세계보건기구

○

죽음을 피할 수 없다는 인식이 주는 고통은 죽음이 진행
되면서 시작되는 것이 아니다. 검사 결과를 기다리는 동
안에도 이미 진단 가능성이 공포를 불러온다. 생명을 위
협하는 심각한 병에는 확진부터 죽음에 이르기까지의 전
과정에 고통이 수반된다. 병, 즉 검사실 검사나 영상 검사
를 통해 발견되는 신호와 증상의 해석은 많은 사람들에
게 공통적으로 적용될 수 있으며, 실제로 동일한 결과에
이르기도 한다. 수많은 사람들이 암에 걸린다.

　하지만 고통은 절대적이고, 유일하며, 완전히 개인적
이다. 우리 의료인들은 일상적으로 병이 반복되는 걸 보
지만 고통은 절대로 똑같이 반복되지 않는다. 치료가 통
증을 완화시킬 수는 있지만, 통증의 정도는 개인마다 다
른 표현과 지각과 행위의 메커니즘에 달려 있다. 사람들
은 저마다 유일하다. 통증도 저마다 유일하다. 동일 DNA
를 가진 일란성쌍둥이라 하더라도 고통의 표현은 완전히

다르다.

사람은 중병을 진단받으면 즉시 고통스러워하기 시작한다. 임박한 죽음이 삶의 의미와의 만남을 앞당겨주기도 하지만, 그 만남을 체험할 시간을 갖지 못할 수도 있다는 괴로움을 가져다주기도 한다. 따라서 완화의료는 헛된 치료의 중단 가능성을 제공하는 데서 그치지 않는다. 환자의 신체적 고통, 진행되는 증상, 그리고 심각한 불치병을 통제하기 위한 공격적 치료의 부작용을 해결하기 위해 의료진이 제공하는 확대된 돌봄이라는 실체적 현실도 포괄한다. 환자가 죽음을 피할 수 없게 되었음을 깨달으면서 겪는 정신적 고통은 매우 극심하며, 죽음에 대한 인식은 삶이 지닌 의미를 찾고 싶게 만든다.

나는 늘 의학이 심리학이라는 복잡한 영역에 비하면 쉽고, 심지어 지나치게 단순하기까지 하다고 말한다. 신체 검진을 통해 환자의 거의 모든 장기들을 평가할 수 있다. 몇 가지 검사실 검사와 영상 검사만 있으면 환자의 생명 유지 과정이 얼마나 잘 기능하는지 매우 정확하게 추정할 수 있다. 하지만 환자들을 아무리 관찰해도 그들이 어디에서 평화를 발견하는지, 얼마나 많은 죄책감이 혈관에서 콜레스테롤과 함께 흐르는지, 얼마나 큰 공포를 마음에 품고 있는지 알 수 없다. 심지어 외로움과 방치로 마음이 병들어 있어도 알 수가 없다.

환자가 중병에 걸려 가차 없는 죽음의 여정에 들어설 때, 가족도 병이 든다. 중환자를 둔 가정은 고난의 시기에 흔히 해체되기도 하고 더욱더 강한 애정으로 결속하기도 한다. 환자가 가족 내에서 어떤 위치에 있느냐에 따라 가족 모두가 심각한 위기의 순간을 맞이할 수 있다. 가족은 좋은 사람들이든 나쁜 사람들이든, 편안한 사람들이든 까다로운 사람들이든 사랑과 관용, 혹은 증오의 강력한 정서적 유대로 묶여 있다. 병의 체험은 결과적으로 모두에게 영향을 미치게 되며, 환자 지원망은 그 시기에 도움이 될 수도, 방해가 될 수도 있다.

병에 걸린 사람은 종교적 영향도 받는다. 자신의 유한성을 극명하게 인식하는 그 시기에 종교는 어느 때보다 강력한 영향력을 갖는다. 하지만 여기에는 커다란 위험 요소도 있다. 신 혹은 신성하게 여겨지는 존재에게 대가를 바라는 조건적 관계를 기반으로 한다면, 그 무엇도 '위대한 만남', '종말', '죽음'을 미룰 수 없음을 깨닫는 순간 완전히 무너져버릴 수 있기 때문이다. 너무도 큰 고통에 시달리는 고난의 시기에 신이 소망을 들어주지 않고 삶에서 사라져버렸다는, 신에게 버림받았다는 기분은 그 무엇보다 큰 아픔을 줄 수 있다.

완화의료는 병의 어느 단계에서도 도움이 되지만, 병이 진행되어 신체적 고통이 극심해지고 의학적으로 더 이상 손을 쓸 수 없게 되었을 때 가장 큰 가치와 필요를 지닌다. 병의 예후가 좋지 않고 죽음이 임박하면 의사들은 이런 예언을 내놓는다. "더 이상 해줄 수 있는 게 없습니다." 하지만 나는 그 말이 틀렸음을 알게 되었다. 더 이상 병을 치료할 방법은 없을지라도, 그 환자를 위해 할 수 있는 일은 많이 남아 있다.

심각한 불치병을 앓는 사람들, 특히 삶의 송말에 가까워진 이들을 어떻게 돌볼 것인지에 대한 나의 탐구는 늘 많은 노력과 고집스러움을 요했다(요즘은 고집스럽다는 말보다는 '결연하다'는 말을 듣는다). 고집스러움과 결연함은

같은 에너지에서 나오지만, 이야기의 끝에 이르러서야
정체가 밝혀진다. 실패하면 고집스러움이 되고, 성공하
면 결연함이 되는 것이다.

그 에너지로 움직이는 나는 답보다 의문에 직면할 때
가 더 많다. 완화의료가 필요한 환자들에게 내 일이 얼마
나 중요한지는 잘 알고 있다. 지금까지 내가 완화의료의
길을 걸어온 것이 좋거나 나쁘다고 규정지을 수는 없겠
지만, 완화의료가 환자들에게 양질의 유한한 삶을 제공
하기 위해 필수 불가결한 과정임을 안다. 불치병 진단 후
한 가지 확실한 것은 견딜 수 없는 고통이 앞에 놓여 있
다는 사실이다. 이때 삶의 종말을 맞이하는 고통을 어루
만져주는 사람이 있다는 것은 죽어가는 사람과 가족에게
커다란 위안과 평화의 원천이 된다.

의사라는 직업을 갖고 있다 보니 나는 거의 날마다 죽
음과 더불어 일한다. 모든 의사가 절대로 환자를 포기하
지 않도록 수련받아야 한다고 생각하지만, 우리가 의과
대학에서 배우는 거라고는 환자의 병을 포기하지 않는
것뿐이다. 어떤 병을 치료할 방법이 남아 있지 않으면 우

리는 더 이상 환자 곁을 지킬 입장이 아니라고 여긴다. 병이 치유 불가능한 것이 되는 순간 끔찍한 무력감과 무기력에 휩싸인다. 죽음을 지배할 힘이 있다는 환상 속에서 수련을 받은 의사는 실패자가 된 기분을 숱하게 맛볼 수밖에 없다. 오직 병에 대해서만 배운 의사는 불행을 달고 산다. 반면 병의 치유를 위한 결의와 헌신을 돌봄에도 적용할 수 있도록 수련받은 의사는 늘 성취감을 발견한다.

　나는 재앙이나 비상 상황에서 죽어가는 사람에게 돌봄을 제공하는 것이 아니다. 병이 하루하루 진행되고 있는 환자들을 한 사람씩 관찰한다. 나는 노인의학 전문의이기에 환자들이 처음 노화의 여정에 들어설 때부터 돌봄을 시작하는 행운을 누리기도 하는데, 그건 엄청난 특권이다. 나는 유일한 방식으로 고통을 겪는 인간존재인 그들을 오랜 시간 지켜보며 돌봄에 필요한 준비를 갖추고, 늘 준비가 되어 있도록 노력한다. 지속적인 기술적, 과학적 배움과 인도적인 태도, 그리고 나 자신에 대한 돌봄이 모두 완벽한 균형을 이루어야만 한다. 그러한 균형 없이는 내가 하는 일에 최선을 다할 수 없다. 나는 내가

가진 최고의 전문 기술과 함께 내가 할 수 있는 최상의 정
신적 돌봄도 제공해야 한다. 나의 인간성을 최고의 경지
로 올려놓았다고 말할 수는 없겠으나, 그 희귀하고 주의
깊은 시선을 갖기 위해 날마다 얼마나 많은 노력을 기울
여왔는지는 자각하고 있다. 그 덕분에 매일 밤 편안히 잠
들 수 있다.

　환자의 병력을 평가하고, 검사 결과를 해석하고, 치료
법을 선택하는 의학적 전문 기술 분야에도 상당한 노력
을 기울여야 하지만, 나에게는 점점 단순하게 느껴졌다.
내가 돌보는 사람들과 그 가족들을 똑바로 보고 저마다
의 인생 이야기와 관련된 고통의 중요성을 인식하는 것
은 온전히 의식적인 행위여야 하며, 기계적으로 이루어
질 수 없다. 나는 환자들의 모든 몸짓과 신호에 촉각을 곤
두세워야 하며 나 자신의 말과 시선, 태도, 그리고 무엇보
다도 생각에 신중을 기해야 한다. 죽음을 목전에 둔 사람
들에게는 모든 것이 절대적으로 투명해야 한다.

　사람들이 죽음에 가까워져 자신의 유한성에 대한 고
통을 느끼면서 진실을 감지하는 진정한 안테나를 갖게

되는 것은 놀라운 일이다. 그들은 마치 신탁을 전하는 사
람들 같다. 삶에서 진정으로 중요한 것들이 무엇인지를
믿을 수 없을 정도로 명쾌하게 안다. 자신의 본질에 직접
적으로 닿게 되면서 주위 사람들의 본질을 보는 능력을
얻는다. 이런 까닭에 누구도 불치병과의 싸움에서 패배
하지 않는다. 우리는 죽음을 맞이한 사람의 존엄을 존중
해야 한다. 진정한 영웅은 죽음과의 만남을 피하려 하는
사람이 아니라, 가장 심오한 지혜로 죽음을 인정하는 사
람이다. 오늘날 백만 명 이상의 브라질인들이 해마다 죽
음을 맞이하며, 대부분이 커다란 고통을 겪는다. 그중 80
만 명가량은 자신이 암이나 만성질환, 퇴행성질환으로
죽게 될 것임을 안다. 이 글을 읽는 사람들 중 열에 아홉
은 삶의 어느 시기에 이르러 중병을 체험하면서 자신의
유한성을 매우 구체적으로 인식하게 될 것이다. 언젠가
는 우리 모두 그 통계 수치의 일부가 될 것이며, 가장 가
슴 아픈 사실은 우리가 사랑하는 사람들 또한 그렇게 되
리란 것이다.

　　2010년에 〈이코노미스트〉에서 세계 40개국의 죽음의

질에 대한 평가 결과를 내놓았다. 브라질은 세계에서 세 번째로 죽음의 질이 낮은 국가에 올랐다. 우리는 우간다 와 인도보다 (살짝) 위였다. 죽음의 질은 완화의료의 가능 성과 접근성, 대학에서의 완화의료 교육, 가용 완화의료 병상 수 등의 지수에 의해 결정된다. 2015년 더 많은 국 가들을 대상으로 똑같은 조사가 실시되었고, 그 결과 브 라질은 83개국 중에서 42위에 올랐다. 브라질 아래에 있 던 우간다는 우리를 앞질렀다. 나는 개인적으로 친분이 있는 우간다 완화의료 팀의 엄청난 노력을 알기에 기뻤 지만, 브라질이 우리의 요구에 상응하는 목표를 세우기 가 얼마나 어려운지 깨달으며 슬픔을 느꼈다. 이는 우리 사회가 아직 준비가 되어 있지 않음을, 이 사회의 구성원 인 의사들이 죽음에 대한 현실을 적극적으로 외면하고, 죽음의 과정을 지휘하며 환자들을 인간적인 삶의 자연스 러운 종말로 인도할 준비가 되어 있지 않음을 아프도록 분명하게 보여준다.

죽음의 과정에서 나타나는 통증과 기타 신체적 고통 은 우리에게 이렇게 말할 것이다. "이봐, 우리는 당신이 죽음을 체험할 수 있도록 가능한 한 모든 걸 해주기 위해 여기 있어." 따라서 통증을 느낀다는 것은 고통이 삶에 대해 이야기하는 것을 들을 기회를 갖는다는 의미가 된다. 하지만 현실적으로는 통증이 그쳐야만 삶의 의미에 대해 생각할 수 있다.

의사로서의 내 역할은 가능한 한 모든 자원을 동원하여 신체적 고통에 대처하는 것이다. 숨 막히는 순간이 지나가고 격심한 신체적 불편함이 사라지면, 삶이 스스로를 드러낼 시간과 여유가 생긴다. 많은 경우 신체적 고통이 완화되면 그다음에 나타나는 것이 감정적이고 정신적인 고통의 표현이다. 환자 가족은 환자의 몸이 편안해지는 걸 보며 안도하지만 환자 자신은 삶에서 무엇이 사라졌는지에 대해 이야기하고 싶은 욕구가 커져가는 걸 느낀다. 이제 곧 마주해야 할 '마무리되지 않은 일'에 생각이 미친다.

신체적 고통의 완화를 위해서는 그런 돌봄을 제공하는 법을 아는 의사들이 필요하다. 단순히 손을 잡아주거나, 고통을 나누거나, 기도를 올리는 것만으로는 충분하지 않기 때문이다. 신체적 고통의 완화를 위해서는 분명하고 구체적인 개입이 필요하며, 증상을 통제하는 다양한 전문 기술이 요구된다. 그럼에도 사실상 브라질의 모든 의과대학에 그런 지식이 결여되어 있다. 나는 상파울루 대학병원 완화의료 전담 팀에서 일하며 단기간 내에 죽음을 맞이할 것으로 예상되는 환자들을 만났는데, 그 '단기간'은 정말로 짧았다. 환자를 만나 인사를 나눈 날로부터 평균 2주 내로 사망 증명서를 작성했다. 어떤 환자들은 겨우 몇 시간 동안 나의 돌봄을 받았고, 어떤 환자들은 몇 개월을 함께 보냈지만 평균을 내면 보름 정도였다. 최악의 몸 상태에서 마지막 순간까지 의미와 가치를 추구하며 인간적인 삶을 영위할 수 있을 정도로 편안해지는 단계에 도달하기에는 매우 짧은 기간이다.

신체적 증상을 통제할 수 있게 되면 잃어버렸다고 여겼던 삶이 다시 시작된다. 이때 의사 앞에 놓인 도전은 환자에게 진정제를 투여하지 않고 신체적인 면에 대한 올바른 평가를 내리고 처치하는 것이다. 불행하게도 브라질에서는 모두들 완화의료가 환자에게 진정제를 투여하

고 죽음을 기다리는 것을 의미한다고 생각한다. 많은 이
들이 완화의료가 안락사나 죽음의 촉진을 지지한다고 여
기지만 그건 엄청난 착각이다. 나는 안락사를 제공하지
않으며, 제대로 된 완화의료 수련을 받은 의사라면 안락
사를 권고하거나 실행하지 않는다. 나는 죽음을 삶의 일
부로 받아들이고, 내 환자에게 신체적, 정서적, 가족적,
사회적, 영적 안락에서 오는 웰빙이라고 정의될 수 있는
건강을 제공하는 데 필요한 모든 수단과 조치를 효율적
으로 사용한다. 모든 면에서 존엄과 의미와 가치를 지닌
삶을 살아왔다면 죽음을 생애의 일부로 받아들일 수 있
다. 나는 죽음이 적당한 때에 찾아올 수 있다고 믿으며,
그것이 바로 자연스러운 죽음orthothanasia이다. 하지만 나
는 이보다 큰 야심을 갖고 완화의료를 수행한다. 자연스
러운 죽음을 넘어 아름다운 죽음kalothanasia을 유도하고 보
조하겠다는 목표를 세운 것이다.

　　나는 상파울루에 있는 이스라엘리타 알베르트 아인
슈타인 병원과 상파울루 대학병원 완화의료 전담 호스피
스 병동에서 일하며 내 돌봄하에 있는 환자들의 완화 진

정 지수를 관찰한다. 나의 '돌봄 은하계'에서는 3퍼센트의
환자들만이 진정제를 필요로 한다. 아름다운 죽음을 돕
는 이 작은 세계에서는 97퍼센트의 환자들이 영화의 한
장면보다 더 아름답고 강렬한 순간에 가장 편안한 죽음
을 맞이한다. 그곳에는 감독도, 배우도, 각본도 없다. 단
한 번의 리허설도 없다. 죽음에는 연습이 있을 수 없기에
모두가 처음으로 죽음을 맞이하지만, 결과적으로 삶 전
체와 일맥상통하는 아름답고 감동적인 장면이 연출된다.
사람들은 결국 살아온 대로 죽는다. 의미 있는 삶을 살지
못했다면 의미 있는 죽음을 맞이할 기회를 가질 가망도
없다.

  죽음의 과정은 대부분의 사람들에게 매우 고통스러
울 수 있다. 특히 인생의 그 신성한 의식을 주재하는 의료
전문가들의 지식과 기술 부족이 고통을 초래하는 경우가
많다. 진정으로 숙달된 의료 팀이 환자의 남은 시간을 위
해 올바른 돌봄을 제공한다면, 그 시간이 아무리 짧더라
도 환자는 삶의 왕 혹은 여왕으로서 위대한 영웅에 걸맞
은 명예와 영광을 안고 당당히 이번 생을 떠날 기회를 가

질 수 있다. 그것이 아무리 기적 같은 일이라고 할지라도
말이다.

안타깝게도 브라질에서는 아직 요원한 일이다. 말기
환자들을 다루는 의사 모두가 말기 환자들을 돌보는 법
을 알지는 못한다. 대부분의 사람들이 완화의료를 제공
하는 법은 누구나 안다고, 그저 양식의 문제일 뿐이라고
말한다. 문제는 모두가 양식을 지니고 있지는 못하다는
것이다. 그들 모두 자신이 양식을 지녔다고 생각하지만
말이다! 정신과 의사를 찾아가서 "나는 양식을 갖추지 못
해서 치료를 받으러 왔다"라고 말하는 사람들이 있다는
이야기를 나는 들어본 적이 없다. 완화의료가 배움의 대
상이라는 사회적 이해가 필요하며, 의료인들이 완화의료
를 배울 수 있도록 사회적 협조가 이루어져야 한다. 완화
의료는 고도의 복잡성과 수행력, 그리고 무엇보다도 성
취(식업적, 인간적 성취)와 관련된 전문 기술이다.

2002년에 세계보건기구는 성인을 위한 완화의료의
개정된 정의를 내놓았고, 소아를 위한 완화의료의 정의
도 별도로 마련했다. 그 내용은 다음과 같다.

완화의료는 생명을 위협하는 질환과 관련된 문제에
직면한 환자와 그 가족의 삶의 질을 향상시키기 위한
접근으로, 조기 진단과 정확한 평가, 그리고 통증과 기
타 신체적, 심리사회적, 영적 문제의 치료를 통해 고통
을 미연에 방지하고 경감시킨다.

완화의료

• 통증 및 기타 고통스러운 증상들을 경감시킨다.

• 삶을 긍정하고 죽음을 정상적인 절차로 대한다.

• 죽음을 앞당기거나 지연시키려 하지 않는다.

• 환자 치료의 심리적, 영적 측면을 통합시킨다.

• 환자가 죽음에 이를 때까지 가능한 한 적극적인 삶
  을 누릴 수 있도록 도와주는 지원 시스템을 제공한다.

• 환자가 병을 앓거나 사망했을 때 그 가족을 도와주
  는 지원 시스템을 제공한다.

- 환자와 그 가족의 요구에 부응하는 팀 접근법을 활용하고, 필요하다면 사별 상담을 제공한다.
- 삶의 질을 높이고, 병의 진행에 긍정적 효과를 미칠 수도 있다.
- 병의 진행 초기에 생명 연장을 위한 화학치료나 방사선치료 같은 다른 치료와 함께 적용될 수 있으며, 고통스러운 임상적 합병증을 더 잘 이해하고 관리하기 위해 필요한 검사를 포함한다.

세계보건기구가 정의한 소아 완화의료는 다음과 같다.

소아 완화의료는 성인 완화의료와 밀접한 연관성을 갖고 있지만 특별한 분야이다. 세계보건기구가 정의한 소아와 그 가족을 위한 완화의료는 아래와 같으며 다른 소아 만성질환에도 동일한 원칙들이 적용된다.

소아 완화의료

- 소아의 몸과 마음, 영혼에 대한 적극적 전인치료이 며, 가족에 대한 지원도 포함된다.
- 병의 진단과 함께 시작되며, 소아가 병에 대한 치료 를 받는지의 여부에 관계없이 유지된다.
- 의료 서비스 제공자는 소아의 신체적, 심리적, 사회 적 고통을 평가하고 경감시켜야만 한다.
- 효과적 완화의료를 위해서는 가족을 포괄하는 폭넓 은 종합적 접근이 요구되며, 접근 가능한 지역사회자 원을 활용해야 한다. 자원이 제한된 경우에도 성공적 으로 실행될 수 있다.
- 3차 의료 시설, 지역 보건소, 심지어 보육원에서도 제 공될 수 있다.

〈생애 말 완화의료 세계지도Global Atlas of Palliative Care at the End of Life〉, 세계완화의료연맹/세계보건기구, 2014년 1월

완화의료는 환자와 보호자의 말에 귀 기울이고 돌봄을 베푸
는 것을 의미합니다. 가능한 한 가장 숭고하고 다정한 방식
으로, "그래요, 언제라도 해줄 수 있는 게 있습니다"라고 말
하는 것을 의미합니다.
그것은 의학의 진보입니다.

아버지의 죽음을 지켜본 딸이 남긴 감사의 메시지

공감과 연민 사이에서

위험을 피할 수 있게 해달라는 기도보다는
위험에 용감히 맞설 수 있게 해달라는 기도를 올리게 하소서.

고통을 멎게 해달라고 애원하기보다는
고통을 이겨내게 해달라고 애원하게 하소서.

인생의 싸움터에서 동지를 찾기보다는
자신의 힘을 찾게 하소서.

두려움에서 구원되기를 갈망하기보다는
스스로 자유를 얻어낼 인내심을 소망하게 하소서.

저의 성공 안에서만 신의 자비를 느끼는
겁쟁이가 되기보다는 실패 안에서 신의 손길을 느끼게 하소서.

라빈드라나트 타고르

○

완화의료가 필요한 사람들을 돌보는 일이 그들의 삶을 대신 살아주는 것을 의미하지는 않는다. 누군가가 고통받으며 죽어갈 때 그 사람 곁에 있는 이에게 요구되는 것은 공감이라고 불리는 재능이다. 공감은 다른 사람의 입장이 될 수 있는 기술이다. 이는 완화의료를 하고자 하는 의료 전문가에게 가장 중요한 기술이 될 수 있는 동시에, 역설적으로 전문가가 완화의료를 제공할 수 없도록 만드는 가장 큰 위험 요인이 되기도 한다.

공감은 위험을 지니고 있지만 연민은 그렇지 않다. 연민은 다른 사람의 입장이 되는 것이 아니라 타인의 고통에 오염되지 않은 상태에서 그 고통을 이해할 수 있게 해준다. 연민은 타인의 고통에 오염될 위험을 막아준다. 공감은 소진될 수 있지만 연민은 무궁무진하다. 공감은 이따금 맹목적이 되어 우리를 타인의 고통으로 인도하면서 스스로를 망각하게 만들 수도 있다. 하지만 연민의 경우

타인을 향해 가기 위해서는 자신이 누구인지, 그리고 무엇을 할 수 있는지 알아야 한다.

맹목적 공감의 위험에 대해 설명해보겠다. 자동차에 백 마일을 갈 수 있는 연료가 들어 있다고 하자. 만일 그 차로 백 마일을 간다면 돌아올 연료가 남지 않는다. 그처럼 간단한 문제이다. 만일 당신이 타인의 입장이 될 수 있는 능력을 가졌지만 자신이 어느 정도의 자율성을 지녔는지 모른다면, 타인의 입장이 되었다가 자신의 입장으로 돌아오지 못하는 위험을 안게 된다. 자신이 얼마나 갈 수 있는지 모르는 상태에서 너무 멀리 가버릴 수도 있다.

따라서 완화의료에 참여하고자 하는 사람이 가장 먼저 할 일은 자신을 아는 것이다. 자신이 무엇을 하고자 하고, 할 수 있는지 아는 것이다. 만일 자신의 한계를 넘어야만 한다면 도중에 재충전할 휴게소에 들러 음료도 마시고, 기름도 넣고, 화장실에도 가야 한다. 타인에게로 가는 길에서 지치지 않으려면 목욕도 하고 친구도 만나야 한다. 당신을 이해해주고 당신 곁에 있어줄 사람을 만나야 한다. 그사이에 환자도 자신을 돌아볼 시간을 갖게 될

것이며, 그러면 본래 능력보다 멀리 가도 문제가 생기지
않는다.

　선택의 여지가 없는 경우도 가끔 있다. 사랑하는 사람
이 죽어가면 자신의 한계를 넘게 되기도 한다. 그럴 때 꼭
필요한 것이 스스로를 돌보는 일이다. 책임감 있게 스스
로를 돌보지 않으면서 타인을 돌보는 행위는 분명 위선
이다. 스스로를 돌보지 않고 타인을 돌보는 사람은 자신
에 대한 신체적, 정서적, 영적 관리의 부족으로 인해 독성
가득한 쓰레기가 잔뜩 쌓이게 되고, 타인을 제대로 돌보
는 데 도움이 되지 못한다. 그렇게 간단한 문제이다.

　나는 어머니를, 아버지를, 자매를, 남편을, 아이들을
돌보느라 자신을 돌볼 시간이 없다는 말을 들을 때마다
이렇게 대답한다. "그렇다면 아무에게도 그런 말을 하지
마라! 창피한 노릇이니까. 마치 바지에 오줌을 싸는 것과
다를 바 없다. '나 바지에 오줌 쌌어!'라고 말하며 돌아다
니는 사람은 없다. 수치이고 무책임한 짓이기 때문이다.
타인의 삶이 자신의 삶보다 중요하다고 주장하는 사람은
거짓말을 하는 것이다. 그는 스스로 돌보이고 싶어서 타

인의 삶을 중요시하며, 이렇게 말한다. '내가 얼마나 친절한 사람인지 봐! 나는 다른 사람들을 돌보느라 죽도록 일하고 있어!'"

일반인들에게만 이런 일이 벌어지는 게 아니다. 완화의료 분야에서 일하는 의료 전문가들 중에도 자신이 친절하다고 생각하면서 스스로를 돌보지 않는 이들이 있다. 공감은 타인의 입장이 되어 그들의 아픔과 고통을 느낄 수 있게 해준다. 연민은 타인의 고통을 이해하고 그것을 바꿔놓을 수 있게 해준다. 그래서 공감을 넘어서야 하는 것이다. 환자에게는 고통을 이해해주고, 의미 있는 무언가로 바꿀 수 있게 도와주는 사람들이 필요하다.

책임감 있는 두려움

나는 죽음 자체는 두렵지 않으나, 죽는 것은 두렵다.
죽음은 사후의 문제지만,
죽는 것은 나이고,
그것은 나의 마지막 행위이며,
내가 그 자리에 존재해야만 한다.
후임자에게 자리를 물려주는
대통령처럼,
나는 떠난다는 걸 알면서,
살면서 죽어야만 한다.

지우베르투 지우

○

많은 사람들이 죽음이 두렵다고 말하지만 그들의 삶을
지켜보면 경악하지 않을 수 없다. 대부분 술을 너무 많이
마시고, 담배를 너무 많이 피우고, 일을 너무 많이 하고,
불평을 너무 많이 하고, 고통을 너무 많이 받는다. 그들은
삶을 충분히 누리지 않는다. 나는 그들에게 참으로 용감
하다고 따끔하게 한마디 해주고 싶다. 죽음을 두려워하
면서도 죽음을 향해 미친 듯이 질주하고 있으니 말이다.

　죽음이 두렵다고 말하는 사람들은 보다 책임감 있게
죽음을 두려워해야 한다. 죽음을 존중해야 한다. 두려움
이나 용감함이 인간을 죽음에서 구해주지는 못하지만,
죽음에 대한 존중은 우리의 선택에 균형과 조화를 가져
다준다. 죽음에 대한 존중은 신체적 불멸성을 가져다주
지는 못하지만 가치 있는 삶의 의식적 체험을 가능하게
해준다. 고통은 완화되고, 슬픔은 행복에 상쇄된다. 물론
축하주를 과하게 마실 때도 있고, 흡연이 생각의 깊이를

더해주고, 일은 자아실현을 도와주지만, 그 모든 것이 알
맞고 적당해야 한다.

　인간은 죽음을 속일 수 있다고 생각하고 싶은 유혹을
느끼기도 하지만, 죽음을 속이기에는 너무 무지하다. 죽
음의 날에만 죽는 것이 아니다. 자신이 살아 있음을 인식
하든 그렇지 않든, 살아가는 모든 날들에 죽는다. 하지만
그런 인식이 결여된 모든 날들에 더 빨리 죽는다. 우리는
죽음의 날에 앞서 버림받았을 때 죽는다. 죽음 후 잊혔을
때 죽는다.

죽음을 응시하다

우리는 현실을 최대한 폭넓게 받아들여야 하며, 들어본 적
조차 없는 것들까지도 모두 그 안에 포함시켜야 한다. 결국
우리에게 요구되는 유일한 용기는 삶에서 맞닥뜨리는 그
어떤 기이하고, 이례적이며, 불가해한 일이라도 마주할 용기
이다.

라이너 마리아 릴케

○

이제 죽음에 대해 이야기할 시간이 되었다. 죽음의 의미
에 대한 생각의 물꼬를 트고, 힘든 감정들을 직시해야 한
다. 나는 이 글을 쓰면서 당신의 침묵을 존중할 것이다.
침묵은 당신의 마음속에 생각들이 차오르게 하는 데 필
요한 것이니까. 이따금 나는 단도직입적으로 이야기할
것이고 내 글이 눈에 거슬릴 수도 있다. 책을 덮어도 좋지
만 나는 당신이 돌아올 것이고 읽기를 중단한 부분부터,
아니 어쩌면 그보다 한두 쪽 전부터 다시 읽어가게 될 것
임을 안다.

　우리 모두 언젠가는 죽는다. 따라서 살아 있는 동안에
는 삶이 주는 기회들을 받아들일 준비가 되어 있어야 한
다. 우리는 미래에 대한 꿈을 꾸고 그 꿈(직업, 가족, 사랑,
자녀, 자기 소유의 집, 여행에 대한 꿈, 그리고 자신이나 누군
가의 삶에서 의미 있는 존재가 되고 싶은 꿈)을 향해 나아간
다. 한편 우리는 가장 불확실한 것들에 대해서만 지침을

얻으려 한다. 당신이 직업적 성공을 거두게 될 거라고 누가 보장할 수 있겠는가? 당신이 일생의 사랑을 찾게 될 거라고 누가 말할 수 있겠는가? 당신이 자녀를 갖게 될지 아닐지 누가 알겠는가? 누가 그런 것들을 보장할 수 있겠는가?

그런 일들에 대해서는 아무도 보장할 수 없지만, 죽음만큼은 모두에게 평등하게 보장되어 있다. 당신이 얼마나 오래 살든, 얼마나 많은 학위를 따든, 얼마나 가족이 많든, 당신은 죽는다. 사랑을 하든 안 하든, 자녀가 있든 없든, 돈이 있든 없든, 모든 것의 종말인 죽음은 반드시 온다. 그런데 왜 우리는 죽음에 대한 준비를 하지 않을까? 우리에게 단 한 가지 확실한 일인 죽음에 대해 왜 터놓고 이야기하지 않을까?

삶에는 말로 표현될 수 없는 순간들이 있다. 자신의 마음 가장 깊은 곳까지 파고 들어가 답을, 의미와 진실을 찾는 순간들이 그렇다. 죽음의 시간은 그런 순간들 가운데 하나다. 릴케는 《젊은 시인에게 보내는 편지》에서 종말의 체험에 대한 가장 숭고한 설명을 내놓는다. 주인공과 지켜보는 사람들 모두에게 죽음은 말이 미칠 수 없는 영역이다. 내가 삶의 마지막 순간에 다다른 환자들을 도우며 살아온 순간들은 결코 말로 옮겨질 수 없다. 죽음의 체험에 대한 가장 적절한 표현은 말로 다 할 수 없다는 것이다. 인간의 삶에서 죽음의 과정만큼 강렬한 체험은 아마 탄생뿐일 것이며, 어쩌면 그것이 우리가 죽음의 순간을 그토록 두려워하는 이유인지도 모른다. 우리 모두가 죽음을 겪게 될 것이고, 사랑하는 사람이 죽어가는 걸 지켜보아야 한다는 사실만큼 마음을 어지럽히는 것도 없다.

날마다 일어나는 삶

당신은 깨닫기 위한 시간이 필요한가?
우리는 거기에 낭비할 시간이 있는가?
무슨 상관인가?
삶은 몹시도 귀하고, 귀한 것…

레니니

○

우리가 시간을 체험할 때 그 의미를 결정하는 것은 '어떻
게' 체험되었는가이다. 무슨 일이 있었는지에 관계없이,
시간은 체험에 의미를 부여한다. 천천히 죽어간다는 것
은 죽음에 대해 생각할 시간이 더 많다는 뜻이고, 많은 사
람들이 그 사실을 두려워한다. 사람들은 죽음에 대해 생
각할 시간을 더 많이 갖기를 원하지 않는다.

그럼에도 기꺼이 그 모험에 나서서 이런 질문들을 던
지게 된다고 가정해보자. 우리가 병원 침대에 누워 누군
가가 병실로 들어오기를 기다리고 있다면 그 시간은 어떨
까? 사람들이 와서 기저귀를 갈아주기를 기다리는 시간은
어떨까? 목욕이나 진통제를 기다리고 있다면 그 시간은
어떨까? 환자가 의사와의 짧은 만남을 얼마나 학수고대하
는지 의사들이 안다면, 의사들은 환자나 그 가족을 대할
때 말과 행동에 더 세심한 주의를 기울이게 될 것이다.

죽음의 과정에서 우리는 살아 있었던 기간, 즉 자신의

시간을 어떻게 쓸지 스스로 의식하고 결정할 수 있었던 때와 멀어지게 된다. 죽어가고 있다는 깨달음은 자신이 소유하고 있는 것들이 아무것도 남지 않게 되리란 인식을 동반한다. 이 세상에서 당신의 시간은 돌아오지 않는다. 시간은 아껴둘 수 없기 때문이다. 그럼에도 우리는 어리석은 일에, 불필요한 고통에 시간을 써버린다. 대부분이 삶이라는 소중한 시간을 허비한다. 우리는 시간을 붙잡을 수 없다. 사람, 옷, 돈, 차, 우리가 구입하여 집에 가져올 수 있는 모든 물건들을 붙잡을 수 있지만 시간만큼은 그럴 수 없다. 시간에 관한 한, 우리가 간직할 수 있는 것은 시간을 통해 끊임없이 쌓아갈 수 있는 체험뿐이다.

　　당신은 지나가는 시간을 가지고 무엇을 할 생각인가? 지금 지나가는 시간을 가지고 무엇을 하고 있는가? 나의 경우, '내 시간을 가지고 무엇을 하고 있는가'라는 질문은 냉철하고 현명한 선택들을 가능하게 해주는 중요한 스위치 역할을 한다. 예전에 병원에 구직 면접을 보러 갔다가 이런 일이 있었다. 면접관들이 나의 교육과정과 경력에 대해 질문했다. 그러고 나서 궁금한 게 있으면 무엇이든 질문하라고 했다. "제가 이곳에서 일하기를 좋아할 거라고 생각하는 이유를 말씀해주십시오." 내 대답에 면접관이 말을 더듬었다. 그래서 좀 더 개인적인 질문을 던졌다. "당신은 왜 여기서 일하고 있습니까? 왜 하루의 여덟 시간을 이곳에 투자하고 있습니까? 왜 인생의 3분의 1을 이곳에서 보내고 있습니까?"

나는 몇 주 후에 그 면접관이 사직했다는 소식을 들었다. 나의 질문으로 인해 그가 귀중한 시간을 잘못 사용하고 있다는 깨달음을 얻게 된 것인지도 모르겠다. 일단 자신이 시간을 허비하거나 죽이고 있다는 판단이 서면 빠른 선택이 요구된다. 즉각적인 변화가 이루어져야 한다.

우리의 시간 체험은 부지불식간에 이루어질 수도 있다. 시계로는 단 5분간 지속된 체험이 너무도 놀랍고 특별하여 영원히 기억에 남기도 한다. 시간에 의한 변화는 그 기간에 달려 있지 않다. 죽음의 체험은 아주 단기간에도 우리를 바꿀 수 있는 엄청난 잠재력을 지닌다. 나와 호스피스에서 처음으로 함께 일했던 심리학자는 심리치료가 사적인 것이며, 병원 환경과 완전히 다른 치료 공간에서 실시되어야 한다고 생각했다.

하지만 완화의료의 현실은 그런 이상과 거리가 멀다. 다른 환자와 함께 쓰는 병실에서 보호자가 참석한 가운데 이루어지는 심리치료는 일반적인 환경에서의 심리치료와 매우 다른 체험이 될 수 있다. 간호사나 청소부, 세탁부가 수시로 드나들며 흐름을 끊는다. 환자가 통증을 호소하거나 기저귀를 갈아야 해서 치료가 중단되기도 한다. 냄새와 공포가 만연한 가운데 이야기를 나누는 건 전문가 입장에서도 그리 편안한 경험은 아니다. 심리학자는 그런 환경이 환자가 죽음을 받아들이는 과정, 이해와 정교화의 과정에 방해가 될 것을 우려했다.

나는 심리학자에게 이렇게 말했다. "걱정 마세요. 죽음은 핵 가속장치가 작동하는 경이로운 실험실 같은 것이니까요." 아침에 환자와 현재 상황에 대한 이야기를 나누면, 그 환자는 모든 걸 이해한 사람이 할 수 있는 모든 일들을 그날 오후까지 해낸다. 용서를 구하고, 용서를 하고, 이 문제 저 문제를 해결하여 모든 것을 정리한다. 그리고 그간 마무리하지 못했던 다른 일들까지도 해결할 수 있게 된다.

일반적인 치료 과정에서는 환자가 자신에 관한 단순한 것들을 이해하는 데 10년은 족히 걸리는 경우가 흔하다. 하지만 죽음의 시간이 오면, 모든 걸 이해하고 자신의 시간을 어떻게 활용할 것인지 결정하는 속도가 빨라지는 듯하다. 환자 스스로 갖고 있던 자신에 대한 생각, 심지어 가족이 갖고 있던 환자에 대한 생각도 마지막에 완전히 바뀔 수 있다.

마지막 인상이 가장 오래간다. 상실에 임하여 어떻게 행동하는지가 나중에 남길 인상을 결정한다. 만일 직장이 마음에 안 든다고 해서 해고되기 위해 비행을 저지르기 시작한다면, 당신은 주위 사람들에게 직업인이라면 하지 말아야 할 행동의 본보기로 남을 것이다. 연애를 끝내면서 바람을 피우고 그 관계를 끝내는 것을 정당화하는 불만거리들을 끌어모으기 시작한다면 지독히 불쾌한 인상을 남기게 될 것이다.

병에 걸리면 시간에 대한 인식이 건강했을 때와 확연히 달라진다. 기다리는 시간들이 영원처럼 길게 느껴진다.

기다림은 몹시 힘든 일이다. 활동적인 것의 반대이다. 아무것도 할 수 없기에 살아 있는 것 같지가 않다. 의학적으로 할 수 있는 게 없으니 그저 죽음을 기다릴 수밖에 없다. 가장 힘든 일은 죽음이 아니라 죽음을 기다리는 것이다.

'체험된 시간'을 연구한 프랑스 정신과 의사 외젠 민코프스키는 시간에 대한 세 가지 이중적 관점을 아주 잘 설명하고 있다.

첫 번째 이중적 관점은 예상과 활동에 관련된 것이다. 무언가를 예상한다는 것은 아무것도 하지 않는다는 의미가 되는데, 결과가 자신에게 달려 있지 않기 때문이다. 예상은 시간에 대한 고통스러운 인식을 불러온다.

두 번째 이중적 관점은 욕망과 희망의 관계에 있다. 욕망은 자신이 갖고 있지 않은 무언가를 추구하는 것이다. 희망은 낙관주의에 힘입어 만들어지는 예상이다. 예상은 언제나 미래에 발생할 일과 관련이 있지만, 희망은 어떤 시간에도 적용될 수 있다. 이미 발생한 일에 대해서도 긍정적인 결과를 희망할 수 있다. 그 예가 조직 검사같이 이미 이루어진 검사 결과를 기다리며 암이 아니기를 희망하는 것이다. 그런 경우 희망이 고통을 완화시킨다.

내가 가장 강하게 매료된 세 번째 이중적 시간은 기도와 도덕이다. 민코프스키는 기도를 우리가 자신 안에서 발견하는 무언가와의 관계, 자신보다 위대한 무언가(신성한 존재, 신성, 신)와의 소통이라고 설명한다. 위대한 존재와의 소통은 우리를 더 강하게 만들어준다. 우리는 최선을 다해 할 수 있는 모든 걸 한 다음, 마음속의 더 강력한 무언가와 연결되어 자신을 능가하기로 결심한다. 거기에 기도가 있고, 기도는 항상 더 나은 미래를 향한다.

민코프스키에게 있어 기도는 현재에 집중하게 하는 명상과 다르며, 과거와 연결될 수 있는 종교적 기도와도 다르다. 그는 기도를 도덕적 행위와 연결시킨다. 우리는 기도 속에서 위대한 존재가 자신을 구원해주고 문제를 해결해주기를 희망한다. 그리고 도덕적 행위 속에서 자신 안에 존재하는 그 힘과 연결되며, 그 힘은 자신의 의지를 넘어 타인을 위한 행위를 하도록 이끈다. 그것이 바로 인간이 신성한 존재가 되는 순간이다.

우리 세계에서 그런 순간은 언제 오는가? 나는 한 어

머니가 죽어가는 자식에게 "이제 가도 돼"라고 말하는 것
을 도덕적 행위의 단적인 예로 본다. 처음에는 자식의 병
이 낫기를 기도했겠지만, 다음에는 그 힘과 연결되어 자
신이 바라는 대로 이루어지지 않는 것이 최선임을 이해
하게 되는 것이다. 그리하여 자식을 위한 최선의 일이 자
신에게 얼마나 큰 아픔을 줄지 알면서도 받아들이고 사
랑으로 자식을 놓아주는 것이다.

자기 안의 이 위대하고 신성한 힘과 연결되면 타인을
위해 좋은 일을 할 수 있다. 우리가 원하는 일이라서가 아
니라 진정으로 타인을 위해 해야만 하는 일이기에 하는
것이다. 사실 그것은 우리의 소망과는 별개로 이루어진
다. 좋은 일을 행하면 사랑이 충만한 시간을 살게 된다.
우리가 타인과 연결되어 자신의 내면 가장 깊은 곳에 있
는 본질에서 우러난 목소리로 "그것이 무엇이든 최선의
일이 일어나게 하라"라고 말하는 순간 목소리는 강력한
힘을 지닌다. 최선의 일이 빠르게 일어난다.

시계로만 잴 수 있을 뿐 정지해 있는 시간의 체험은
대개 의미 없는 시간을 보낼 때 발생한다. 지하철은 부재

의 실험적 모델을 제공한다. 지하철을 타고 가는 사람들은 거기에 '존재'하지 않는다. 그저 한 곳을 떠나 다른 곳으로 가고 있을 뿐이다. 지하철 안에는 많은 사람들이 있지만 그중 단 한 명도 존재하지 않는다. 무슨 말인지 궁금한가? 우리는 지하철을 타면 이렇게 생각한다. '목적지에 도착할 때까지 시간이 얼마나 걸릴까?' 많은 사람들에게 삶은 눈가리개를 한 채 지하철을 타고 가는 것과 같다. 어디인지도 모르는 장소로 들어간다. 어디서 내리게 될지도 모르고, 그곳에 존재하지도 않는다! 그저 그 안에 있는 것이다. 그러다 문이 열리고 누군가 외친다. "아나 클라우디아, 내리세요!" 뭐라고? 벌써?

많은 사람은 가까운 사람이 죽으면 자신이 삶이라는 열차에서 내려야 할 차례에 대해 생각하기 시작한다. 즉 자신의 죽음에 대해 생각한다. '앞으로 몇 정거장을 더 가면 내가 내릴 정거장에 도착하게 될까?'

나는 심각하게 아픈 사람들, 병을 치료하거나 통제할 가능성이 소진된 상태에서 나를 찾아온 사람들을 위해 일한다. 그들의 삶에서 시간이 얼마나 중요한지 분명하게 안다. 그들에게는 시간이 얼마 남아 있지 않다.

안타깝게도 우리 문화에는 성숙함과 진실성, 현실성이 결여되어 있다. 시간은 다해가는데 대부분의 사람들은 그걸 깨닫지 못한다. 자꾸만 시계를 들여다보며 날이 저물기를 기다린다면 실상 그것은 시간이 더 빨리 가도록, 그리하여 죽음이 더 빨리 찾아오도록 재촉하는 것이다. 그러나 시간은 우리가 그 속도를 높이고 싶어 하든 낮추고 싶어 하든 일정한 속도를 유지한다.

탄생과 죽음 사이에는 시간이 가로놓여 있다. 삶은 우리가 그 시간 동안 행하는 것이며, 우리의 체험이다. 날이 저물기를, 주말을, 휴일을, 은퇴를 기다리며 삶을 보낸다면 죽음의 날이 더 빨리 오기를 열망하는 것이다. 진정한 삶은 일이 끝난 후에 시작된다고 말하는 사람들도 있지만, '지금을 사는 것'은 특정 순간이나 삶의 즐거움에 맞추어 켜고 끌 수 있는 스위치가 아니다. 즐겁든 그렇지 못하든 우리는 100퍼센트의 시간을 산다. 시간은 일정한 속도로 지나간다. 삶은 날마다 일어나는데, 사람들은 그 사실을 깨닫지 못하는 듯하다.

인간으로 존재하기

죽음의 매력, 그 파멸적인 마력은, 삶 때문.

아델리아 프라두

○

누군가 당신의 눈앞에서 죽어가고 있다. 당신은 방관자
가 된 기분이고 몹시도 걱정스럽다. '이제 난 어떻게 해야
할까? 사람이 죽어가고 있는데 난 그를 위해 무엇을 하고
있나? 무엇을 할 수 있을까? 무엇을 해야만 할까? 무엇을
하고 싶은가?' 당신이 스스로에게 이런 질문들을 던지는
사이 시간은 지나가고, 삶도 지나가고, 당신 앞의 그 사람
도 떠나간다.

　지금 나는 흘러가는 강물을 바라본다. 강을 건너며 발
을 적신다. 차가운, 혹은 따뜻한 물을 느낀다. 바닥이 보
이든 안 보이든, 강물에 들어가기로 결심하고 첫발을 들
이면 발바닥에 밟히는 모래를 느낄 수 있다. '나는 여기
강가에서 무얼 하고 있는가?' 문득 강가에서 무얼 하고
있었는지 이해하려고 애쓰다가, 바다를 향해 흘러가는
강물 같은 삶의 물줄기 옆에 있는 나를 발견한다. 나는 물
줄기를 응시한다. 확실히 알 수 있는 한 가지는 사람들이

왜 죽는지에 대한 설명은 없다는 것이다. 많은 사람들이
이 말에 동의하지 않을 것이다. 모두가 죽음의 이유에 대
한 나름의 이론과 확신을 갖고 있으니까. 하지만 이날까
지 그 어떤 개인적, 예술적, 종교적, 과학적 이론이나 확
신도 삶이 무엇인지에 대한 명쾌한 답을 내놓지 못하고
있다. 하물며 삶이 왜 끝나는지에 대해선 어쩌랴.

　나는 그 질문에 매달려 시간을 낭비하지 않을 것이다.
그것은 마치 "불은 왜 타는가?", "물은 왜 젖는가?", "그건
어떤 의미인가?"와 같은 범주에 속하기 때문이다. 삶에
대한 환상들을 받아들이며 시간을 낭비하다 보면 본질에
도달할 수 없다. 태어남과 삶에 대한 진실을 놓친 채 살면
서 죽음이 무엇인지에 대한 진실마저 놓쳐버리는 것이다.

　사람들은 모두 죽지만, 모두가 언젠가는 자신이 왜 살
았는지 알게 되는 건 아니다. 나는 어린아이들이 왜 죽는
지 모른다. 그것에 대해서는 설명할 길이 없지만 어쨌거
나 아이들은 죽는다. 젊은 사람들이 왜 죽는지도 모르지
만 그들 역시 죽는다. 노인들도 죽는다. 늙으면 죽는다는
건 얼마간은 분명한 사실이지만 그런 현실적인 운명을

받아들이는 게 늘 간단하지는 않다. 사랑하는 이의 죽음을 받아들이려 하지 않는 사람들을 만나는 건 드문 일이 아니며, 설령 죽음을 맞이한 이가 매우 늙었다고 해도 마찬가지이다. 늙은이든 젊은이든, 부자이든 빈자이든, 흑인이든 백인이든, 남자이든 여자이든, 열정적인 법률가이든 자원봉사자이든 부패한 정치인이든 죽음 앞에서 예외는 없다. 우리가 준비가 되어 있든 그렇지 않든 죽음은 병과 고통을 동반할 수도 있다. 죽음에 대비할 필요가 있음을 받아들인다고 해서 죽음을 피할 수 있는 것도 아니다. 하지만 죽음에 동반되는 두려움을 피하고 그 두려움을 존중으로 바꿀 수는 있다.

나는 죽어가는 환자에게 포괄적인 돌봄을 제공하는 복잡한 과정에서 일하지만, 왜 사람들이 죽는지 알지 못하며 영원히 그 수수께끼를 풀지 못할 것이다. 하지만 내가 병상 옆에, 혹은 강가에 있어야 하는 합당한 이유가 존재한다는 것은 안다. 나는 죽어가는 사람 곁에서 그 신성한 순간에 내가 해야 할 중요한 일들이 많음을 안다. 그 만남에서 나의 역할은 무엇인가? 내가 그곳에 있는 이유는 그래야만 하기 때문이다. 나는 다음 질문에 답할 목적으로 일한다. 그 상황을 가장 덜 고통스럽고 가장 덜 힘들게 만들기 위해 무엇을 할 수 있을까? 나는 죽어가는 사람을 위해 그곳에 있으면서 그의 고통을 줄여주기 위해 무엇을 배워야 할까? 사람들이 죽음에게 삶에서 가장 중요한 것이 무엇인지 물을 수 있을 정도로 정직하게 죽음을 바라보지 않는 한, 아무도 답을 얻을 기회를 갖지 못할 것이다.

문제는 우리가 자신의 삶이 영원하다고 생각하는 사람들과 함께 걸어가고 있다는 것이다. 많은 사람이 이런 환상을 품고 무책임하게 살아간다. 진실함이나 선함, 아름다움을 위해 헌신하지 않고 자신의 본질과 동떨어진 삶을 산다. 죽음에 대해 말하거나 생각하기를 피하는 사람들은 가구 없는 방에서 술래잡기를 하는 아이들과 같다. 그들은 손으로 자기 눈을 가리고는 아무도 자신을 보지 못한다고 여긴다. 그리고 순진하게도 이렇게 생각한다. '내가 죽음을 보지 않으면, 죽음도 나를 보지 않을 거야. 내가 죽음에 대해 생각하지 않으면 죽음은 존재하지 않아.' 사람들은 삶 자체에 대해서도 그런 잔꾀를 부린다. 그들은 쓰레기 같은 관계, 쓰레기 같은 직업, 쓰레기 같은 삶을 기어코 유지하면서 자신만 속이면 아무 문제도 없을 거라고 생각한다. 하지만 쓰레기는 실체를 드러낸다. 악취를 풍기고, 불편을 초래하고, 병을 유발한다.

그들은 자신들의 교리 안에서 키워낸 죽은 신을 외면하면 그 신이 영원히 얌전할 거라고 생각할지도 모른다. 이런 생각을 하는 사람들은 반쯤 죽은 상태로 친구들을 만나고 우정을 나눈다. 가정 안에서도, 신성한 것들과의 관계에서도 죽어 있다. 죽어 있는 것처럼 산다는 것은 진정한 삶을 살지 못한다는 의미이다. 다시 말해, 살아 있기는 하되 진정으로 존재하지는 못한다. 우리 주위에도 그런 사람들이 많다.

나는 그들을 존재적 좀비라고 부른다. 폭력과 편견을 공유하고 고집하는 사회 안에서 내면의 불행을 외면한 채 어리석게도 외적 행복만을 추구하는 사람들은 스스로 깨닫지 못하는 사이에 자신의 죽음을 앞당기는 것이다. 그들 모두는 벌거벗은 채 손으로 눈을 가리고 자신이 보이지 않는다고 믿는 어리석은 존재들이다. 그들은 사회에 최악의 모습을 노출시키면서도 그 사실을 인지하지 못한다. 그들은 자신의 존재에서 부재하며, 아마도 그것이 죽음의 순간에 스스로 가장 후회하는 일이 될 것이다.

자신의 삶에서의 부재는 변명이 불가능하다. 자신과 타인, 자연, 주위 세상, 그리고 각자가 신성하다고 생각하는 것과 연결되기 위해서는 무엇보다도 존재의 상태여야 한다. 자신의 삶에서 살아 있지 않은 사람들과는 죽음에 대해 이야기할 여지가 없다. 잠시 환기하자면, 나는 진짜 죽은 자와의 대화에 대해 이야기하고 있는 것이 아니다. 살아 있는 시체, 죽음에 대해 용감하게 생각해보는 것이 불가능한 사람, 이미 인간성의 모든 면에서 스스로를 매장하고 목적 없이 떠도는 존재적 좀비를 의미하는 것이다. 그런 사람들에게 남아 있는 건 육체적인 죽음뿐이다.

이 책에서 나는 죽음의 과정을 이야기하고 있다. 의료 분야에서 생물학적 몸에 대한 연구는 이미 많이 이루어졌다. 하지만 우리의 생물학적 부분은 그저 인간다운 삶을 '체험'할 기회를 제공할 뿐이다. 진정한 인간다움은 살아 움직이는 심장과 폐를 가진 것만으로는 부족하다. 또 신체 기관들이 문제없이 잘 기능하도록 유지하는 것만으로는 부족하다. 인간의 신체는 최선의 온도와 압력, 과학자들이 NTP(Normal conditions of Temperature and Pressure, 상온상압)라고 부르는 것 안에서 살기 위해 애쓴다. 어째서 우리는 정상적인 온도와 압력을 추구하는가? 왜 신체 기관들이 제대로 작동하고 신체 기능이 원활히 이루어지기를 원하는가? 인간으로서 진정한 삶을 체험하고 싶기 때문이 아닌가?

인간은 지상에서 유일하게 동사로 정의되는 종이다. 암소는 암소, 수소는 수소, 나비는 나비인데 오직 사람만이 인간존재human being이다. 우리는 의식을 지니고 생각하는 포유동물로 태어나지만, 인간이 되는 법을 배우는 만큼만 인간이 된다. 우리 종에 속하는 대부분의 동물들이 여전히 그것이 무엇인지 알지 못한다. 나는 그것에 대해 진지하게 생각해보면서 '인간화'라는 용어의 의미를 비로소 깨달았다. 그전에는 인간을 인간화하는 것에 대한 논의가 무의미하게 느껴졌다. 이제 나는 의식을 지니고 생

각하는 인간이라는 동물의 다수가 본능적이고 잔인하게
행동한다는 걸 분명히 안다. 그들은 생각과 감정, 태도에
있어 깊이가 없다. 그래서 인간화가 절실히 필요하다. 우
리는 하나의 존재being이며 그 존재의 과정이 어떻게 끝나
는지 알아야만 인간존재가 될 수 있다. 우리는 죽음의 날
이 올 때까지 인간이 되기 위해 저마다 자신을 체계화하
고, 발견하고, 실현해야 한다.

그리고 우리는
오직 죽음에 대한 인식을 통해서만
우리가 마땅히 되어야 할
존재로 향하는 발걸음을 재촉한다.

사람들이 시간과 돈을 들여 건강검진을 받고, 뱃살을 빼고, 자녀들의 삶을 돌보기 시작하는 때가 온다. 죽음에 대해 생각하면서 죽음에 대비하여 무언가를 해야만 한다고 느끼게 된 것이다. 여기서 흔히 저지르는 실수는, '무언가를 하는 것'에 몰두하여 '존재하는 것'에서 멀어지기 시작하는 것이다. 그러면서 좋은 삶이란 우리에게 무언가를 가져다주고 무언가를 하게 만드는 것이라고 여긴다.

하지만 병의 시간이 찾아오면 더 이상 아무것도 할 수 없게 된다. 그리하여 아무것도 할 수 없게 된 우리는 그것이 죽어감이라고 생각하지만, 아직은 아니다. 인간답게 '존재'한다는 것은 그저 존재하는 것이고, 어디에 있건 본연의 자신이 됨으로써 가치를 지니는 것이다. 자신의 삶에서 부재해온 사람들은 죽을 때가 되면 그저 '부재'로 남을 것이다. 많은 이들이 그런 식으로 거의 늘 부재의 삶을 살고, 어쩌다 존재할 때는 그 시간이 공허하다고 느낀다.

다시 죽음의 문제로 돌아가보자. 죽어가는 사람을 도우려면 그에게 무슨 일이 일어나고 있는지를 이해해야 한다. 생물학적인 면은 다른 조건들의 표현을 위한 필요

조건에 지나지 않는다. 남자이든 여자이든, 아이이든 노인이든, 어떤 피부색이나 인종이나 종교를 가졌든, 우리는 모두가 복합적인 존재이다. 우리는 신체적인 면을 극대화할 가능성을 꾀하는 존재인데, 그건 우리가 여기에, 이 시간과 장소에 있기 때문이다. 우리는 정서적인 면도 갖고 있으며, 정서적인 면이 가장 보편적이다. 보편적이라 함은 크기와 복잡성에서 그렇다는 것이지, 모두가 같은 정서를 갖고 있다는 의미는 아니다. 가정적인 면, 사회적인 면도 있다.

고통을 다루는 모든 글은 다음과 같은 네 가지 측면에서 고통에 대해 이야기한다. 신체적 측면, 정서적 측면, 사회적 측면, 영적 측면이다. 나는 이 분야에서 꽤 오랜 기간 일해오면서 사회적인 면과 가정적인 면을 분리해 생각하게 되었다. 가정의 역학관계에는 우리가 살고 있는 사회와 별개의 복잡성이 존재한다. 가정은 사회의 축소판이지만 그 양상은 가정마다 다르며, 잘 기능할 수도 있고 그렇지 못할 수도 있다.

정치가들은 가정의 개념에 대해 자신에게 유리한 대

로 떠들어대지만, 가정이라는 집단을 제대로 규정할 수 있는 단 하나의 조건은 구성원들을 묶어주는 사랑의 유대이다. 심지어 핏줄도 가족을 연결해주는 폭넓은 정서적 유대만큼 강하지는 못하다. 도덕적으로나 윤리적으로 부정적인 평가를 받는 가정도 강한 정서적 유대가 있다면, 기능을 유지할 수 있다. 각 구성원은 가정의 역학 관계 안에서 자신의 기능을 수행한다. 따분한 사람, 가식적인 사람, 다른 가족을 돌보는 사람, (경제적 혹은 존재적) 부양자 등이 있고, 희생양도 존재한다. 그들은 저마다 가정 내에서 하나의 자리를 차지하며, 그 자리는 가정이 기능을 유지하는 데 꼭 필요하다. 가족 모두가 서로 균형을 유지하며, '유동적인' 설계 안에서 조화를 추구한다. 그런 이유로 나는 가정적인 면과 사회적인 면을 완전히 다르게 본다.

그다음에는 영적인 면이 있는데, 영적인 고통은 인생의 마지막 순간에서 가장 격렬하게 느낄 수 있기에 중요하게 다루어져야 한다. 죽어가는 환자를 돌보는 사람들이 죽음의 과정에 대해 이해한다면 그들 자신의 삶이 한

결 수월해진다. 무슨 일이 일어나고 있는지 알면 죽음을
자연스럽게 받아들이고 그 과정을 자연스럽게 진행할 수
있기 때문이다.

자연스러운 죽음

죽음은 내게 개인적으로 가장 위대한 성취가 될 것이다.

클라리시 리스펙토르

○

과학이 줄기세포에 대해 이야기하는 세상에서 과연 자연 스러운 죽음이란 어떤 것일까?

오늘날 우리는 의학적으로 전례가 없는 시대를 살고 있으며, 생명 연장을 위한 많은 일들이 가능해졌다. 하지 만 그런 모든 기술에도 불구하고 인간은 죽는다. 자연스 러운 죽음은 최첨단 치료법으로도 그 진행을 막을 수 없 는 질병의 존재를 상정한다. 자연스러운 죽음은 의학이 제공하는 치료법이 더 이상 남아 있지 않은 상태로 악화 된 심각한 불치병의 결과이다. 죽음을 막을 방법은 없으 며, 죽음은 엄연한 현실이다. 나는 그런 사람, 죽음을 앞 둔 환자에게 완화의료를 제공한다.

내가 지난 20년 동안 해온 완화의료는 삶의 마지막 바 퀴를 도는 사람들을 돌보는 과정이다. 이따금 마지막 바 퀴는 마지막 시간이 아니라 마지막 삶을 의미한다. 말기 는 수년 동안 지속될 수도 있다. 당장 다음 주에 최후를

맞이하는 것이 아니다. 병의 말기는 시간이 아니라, 의학
적으로 통제할 방법이 없어서 의사가 손을 들어버리는
심각한 불치병에서 비롯된 임상적 상태를 의미한다. 따
라서 그 시기는 몇 시간, 며칠, 몇 주, 몇 개월, 심지어 몇
년이 될 수도 있다. 병이 서서히 진행되면 몇 년이 걸리
고, 빠르게 진행되면 환자는 일주일, 혹은 며칠 내로 세상
을 떠날 수도 있다.

　나는 생물학적인 차원에서 죽음의 과정을 연구할 때
정통 의학에서는 원하는 답을 얻을 수 없었다. 기술적으
로 말하자면, 의학에서는 죽음이 임박한 시기를 장기부
전이나 패혈증 같은 용어들로 설명한다. 그래서 죽어가
는 사람들은 대부분 병원에 입원하여 집중치료실로 옮겨
진다. 의사들은 아직 심장마비를 일으키는 것과 죽어가
는 것의 차이를 배우지 못했다. 사실 죽음은, 의학이 제공
하는 모든 방법들을 동원하더라도 절대로 중단시킬 수
없는 과정이다. 일단 본격적인 죽음의 과정이 시작되면
무엇도 자연스러운 진행을 막을 수 없다.

　그렇다면 본격적인 죽음의 과정은 어떤 것일까? 나는

오직 동양의학에서만 그 답을 찾을 수 있었다. 동양의학
에 관한 많은 책들에서 발견한 지식과 그동안 내가 돌본
수백 명의 환자들을 세심하게 관찰하면서 얻은 깨달음을
통합한 결과, 비로소 나는 한 사람이 죽어갈 때 그 가족과
관련자 모두를 바르게 인도하면서 보다 평온한 마음을
유지할 수 있게 되었다.

그렇다면, 우리가 죽을 때 무슨 일이 일어날까?

마지막에서야 보이는 것

그릇의 물은 반짝이고,
바다의 물은 어둡네.
작은 진실은 분명한 말을 지니고,
위대한 진실은 위대한 침묵을 지니네.

라빈드라나트 타고르

삶의 끝에서

누구에게나 삶의 마지막 순간이 있습니다.

그때 마주할 단 하나의 질문,

죽음은 우리에게 어떤 질문을 던질까요?

당신이 마주할
단 하나의 질문

— 참여방법 —

1 질문에 대한 당신의 생각을 댓글에 쓴다.

2 필수 해시태그와 함께 인스타그램 피드에 공유한다.

필수 해시태그	#죽음이물었다 #애나이언린치스 #첫독자이벤트

당신의 소중한 이야기가 궁금한 세계시가 피드로 찾아가겠습니다.

『죽음이 물었다』
첫 독자 이벤트!

더 자세한 이벤트는
QR코드를
통해 확인하세요.

죽음이 ——— 물었다

Death is a day worth living

○

동양에서는 자연이 흙, 물, 불, 공기의 4원소로 이루어져 있다고 말한다. 자연의 일부인 우리도 네 가지 원소로 이루어져 있다. 우리가 죽을 때 몸을 이루고 있던 원소들은 해체될 것이다.

흙의 붕괴에 대해 생각해보자. 육체적이고 구체적인 존재의 붕괴에 대해서도 어느 정도는 분명한 그림이 그려진다. 병은 진행되면서 공격성의 정도에 따라 속도가 붙는다. 그리고 병의 진행에 따라 몸은 붕괴되기 시작한다.

그다음 해체는 물과 관련된다. 생물학적으로 이야기하면 사람은 죽을 때 탈수를 일으키고 소변량이 적어지는 경향을 보인다. 체액의 생성이 감소하고, 소화관과 기관지에서의 분비물과 효소가 술어늘며, 점막이 마르기 시작한다. 오늘날 의학계는 사람이 약간의 탈수 상태에서 훨씬 편안한 죽음을 맞이한다는 걸 알고 있다. 신체적 악화가 이 단계에까지 이르러 집중치료실로 옮겨진 환

자들은 견디기 힘든 정도의 불편을 겪는 일이 흔하다. 본
격적인 죽음의 과정에 무지한 의사들이 환자들 몸에 액
체가 넘쳐흐르도록 만들어 점막에 염증이 생기고 피부가
고통스럽게 부어오른 결과이다. 더는 소변을 만들어낼
때가 아니기 때문에 신장은 기능을 멈출 것이다. 의사들
이 물의 해체 과정을 무시해도 신장은 그 과정을 존중하
기 때문이다. 신장은 기능을 멈추고 의사는 수액을 처방
하는 기괴한 상황이 되면 자연스러운 죽음은 거의 불가
능해진다.

죽어가는 몸이 과잉 개입에 맞서 힘겹게 싸우는 광경
을 상상해보라. 결국 죽음을 막을 수 없기에 자연스러운
죽음을 방해할 뿐이다.

물의 해체 단계를 체험하는 환자들에게 매우 두드러
진 행동 특성이 하나 있는데, 그건 바로 자기 성찰적인 면
이 강화된다는 것이다. 그들은 자신을, 자신의 삶을 들여
다본다. 진실의 순간이 도래한 것이다. 그들이 걸어온 길
을 정직하게 돌아보는 시간 말이다. 그런 때에 의사들은
항우울제를 처방하기도 한다. 현대 사회에서는 조용히

침묵하며 생각에 잠기면 주위 사람들이 성화를 해댄다.
"무슨 일이야? 우울해지지 마! 힘내서 싸워야지! 믿음을
가져!" 환자가 자신에게 일어나고 있는 일의 의미와 삶의
본질을 찾는 것이 허락되지 않는 듯하다.

　하지만 사회의 강요와 항우울제에 상관없이 물의 해
체 과정은 우리 모두에게 일어난다. 이 시기에 환자들에
게 미리 말도 해주지 않고 항우울제를 처방하면, 그들은
자신의 삶과 선택들을 돌아볼 때 고통을 겪지 않겠지만
자신에게 남아 있는 것에서 오는 행복감과 성취감을 느
끼지도 못할 것이다. 부적절한 약 처방을 받은 환자들은
마치 셀로판지에 싸인 것과 같은 상태에서 느낌과 정서
자극을 받는다. 그 무엇에도 감정을 느끼지 못하게 되는
것이다. 그리하여 그들에게 일어나는 모든 일들이 무의
미해진다. 그들은 추위도, 더위도, 감정도, 그 무엇도 느
끼지 못한다.

　환자에게 항우울제를 주지 않아서 그가 슬퍼지기 시
작했다고 가정해보자. 그럼 가족은 이렇게 말할 것이다.
"슬퍼? 그래서 아무 반응이 없는 거야?" 아니다. 그는 반

응하고 있다. 내적으로 반응하고 있다. 자신의 내면을 과
거의 어느 때보다 깊이 들여다보며 본질을 찾고 있다. 바
로 그 순간, 자신의 본질 속으로 깊이 파고들 때, 자신의
본질과 진정으로 만나게 되는 불의 해체가 시작되며, 환
자는 내면을 깊이 탐구함으로써 완전함을 드러낸다!

　불의 해체 과정에서 온몸의 세포들이 시간이 다 되어
가고 있음을 알게 되지만, 아직 살아갈 시간이 남아 있다
는 것도 안다. 자신의 삶을 주도할 기회는 언제든 있지
만, 불의 해체는 삶을 가장 완전하게 드러낼 가능성을 마
련해준다. 당신은 종말을 향해 가고 있다. 하지만 이제 그
길이 더 아름다워지고 더욱 활기차진다. 당신은 몸에 있
는 세포들이 종말을 인지하면 절망으로 인한 혼돈이 찾
아오고 세포의 패닉 상태에서 모든 게 무너져버릴 거라
고 생각할지도 모른다. 하지만 그렇지 않다. 그런 일은 일
어나지 않는다. 만일 당신이 늘 이런 식으로 (불의 해체 과
정에서처럼) 세포의 의식과 연결되어 있다면, 당신은 언제
나 조화와 균형 속에서 살아가게 될 것이다.

　우리의 모든 세포들은 이 세상에서의 시간이 끝나가

고 있음을 깨닫게 되면 마지막으로 최고의 기능을 수행하기 위해 최선을 다할 것이다. 그리하여 우리의 간세포들은 신속하게 대사를 처리하게 되고, 폐세포들은 믿기 어려울 정도로 능숙하게 공기를 교환하며, 그동안 활동한 적이 없는 뉴런들을 포함한 뇌세포들도 모두 깨어나 호기심에 차서 이렇게 말할 것이다. "무슨 일이 벌어지고 있는 건지 좀 알아봐야겠어." 그리하여 갑자기 온몸이 제대로 기능하게 된다. 그다음에는 어떤 일이 벌어질까?

한 사람 전체가 온전히 기능하게 된다. 이것이 그 유명한 죽음 전의 용솟음, 죽음을 앞둔 반등, 마지막으로 타오르는 촛불의 아름다운 힘이다. 불의 해체 과정은 죽어가는 사람에게 인간으로서 왜 이 세상에 왔는지 깨달을 기회를 준다. 그리고 자신을 여기까지 데려온 것이 사랑이었음을 세상에 보여줄 기회를 갖게 된다.

내가 돌보았던 거의 모든 환자들이 마지막 순간에 찾아온 불의 해체 과정에서 자신이 사랑하고 사랑받기 위해 이 세상에 왔음을 보여주었다. 그 사람이 얼마나 많은 쓰레기를 마음에 품고 있는지는 중요하지 않았다. 불의 분해를 통해 찌꺼기가 사랑으로 변하기 때문이다. 누구든 이 세상이 좋은 곳이며 자신의 존재로 인해 더 좋은 곳이 되었음을 보여줄 기회를 가질 수 있다. 지상에서 가장 쓰레기 같은 인간을 만나더라도 그를 바라보며 희망에 찬 미소를 지어보라. 그 사람 역시 죽음의 시간에 더 나은 인간이 될 놀라운 기회를 갖게 될 테니까.

　죽음에 대한 사전 경고를 받지 못한 사람들, 급격히 사망에 이르는 병이나 사고로 죽는 이들 역시 죽음을 앞두고 행동의 변화를 보인다. 불의 해체 단계에서는 많은 질문들이 떠오르고 그때 사람들은 사랑하고, 사랑받고, 용서하고, 용서를 구하고, 고맙다고 말하게 된다. 또한 자신에게 무슨 일이 일어나고 있는지 알고 있다면 작별 인사를 할 기회도 얻을 수 있다. 이때 따로 정해진 시간은 없다. 앞에서 언급한 대로 사람마다 남은 시간은 다르다. 만일 내가 의사로서 이 시간을 알아보고 죽음의 전체 과정 속에서 자연스럽게 진행되도록 한다면, 나는 불필요한 개입을 막을 수 있다. 사랑을 원 없이 체험하고, 자신의 본질을 표현하고, 자신이 이 세상에 왜 왔는지를 보여주고 증명하는 복잡한 시기는 본격적인 죽음의 과정에서 가장 의식적인 시간이다.

불의 해체, 즉 자신의 본질과 진정으로 만나게 되는 과정이 마무리되면 마음 깊은 곳에 어떤 신성한 것이 자리하고 있음을 발견하게 된다. 인간의 가장 깊고 가장 신성한 것 안에 숨이 있다. 숨은 공기에 해당되는 것으로, 우리가 지상에서의 임무를 수행하기 위해 신으로부터(혹은 우주로부터) 빌린 것이다. 임무가 끝나는 즉시 우리는 그것을 원래 주인에게 돌려주어야 한다. 바로 그때 공기의 해체가 시작된다.

이 단계는 대부분의 사람들이 '죽어감'이라고 부르는 시기로, 매우 고통스럽다고 알려져 있다. 공기의 해체가 시작되어야 우리는 죽음이 임박했음을 완전하게 인식한다. 그 전까지 병을 앓는 환자는 의학에 의존하여 치료법을 찾고, 화학치료나 수술을 받고, 임상 시험 단계의 약을 먹고, 영혼을 팔고, 접촉요법에 기대는 등 할 수 있는 건 다 해본다.

물이 해체되면 슬픔이 동반될 수 있고, 항우울제가 그

슬픔을 경감시킬 수도, 그렇지 않을 수도 있다. 그다음에
는 반등의 단계, 완전한 삶을 누리는 듯한 체험의 시간으
로 들어선다. 그리고 고통의 단계가 이어진다. 숨을 돌려
주는 시간에는 숨이 처음에 들어왔던 길로 다시 나가게
된다. 호흡곤란의 단계, 호흡이 지나치게 빨라지거나 느
려졌다가 잠시 멈췄다가 깊은 숨이 이어진다. 물과 불의
해체 단계에서는 죽어가는 사람 곁에서 그와 동화되는
것이 가능하다. 하지만 공기의 해체 단계에서는 다르다.
누군가와 동화되기 위해서는 무의식적으로 그 사람과 호
흡을 맞추어야 한다. 만일 누군가 불안감에 휩싸여 있으
면 그에게 동화되어 마음을 진정시켜주어야 한다. 그러
지 않으면 그의 불안감에 나도 '감염'될 수 있다.

하지만 누군가가 죽어갈 때는 그와 호흡을 맞추는 것
이 불가능하다. 절대적으로 불가능하다. 그 사람과 함께
죽지 않는 한 동화될 수 없다. 우리는 타인의 감정들에 동
화되고 그 감정들을 바꿀 수도 있지만, 죽음의 과정에서
는 마법이 통하지 않는다. 집중치료실에서든 병실에서든
집에서든 그 어디에서도 죽음은 일단 시작되면 반드시

끝이 난다.

우리가 타인과 나눌 수 있는 가장 친밀한 체험은 죽음의 시간을 함께하는 것이다. 섹스도, 키스도, 비밀을 털어놓는 것도, 그 어떤 것도 본격적인 죽음의 과정을 함께하는 것만큼 친밀할 수 없다. 그 순간에 당신은 죽어가는 사람을 위해 함께 있어주는 것이 어떤 의미를 지니는지에 대해 스스로에게 묻게 될 것이다. 그리고 죽어가는 사람 또한 거기에 존재하는 의미를 찾고자 할 것이다. 당신과 죽어가는 사람 둘 다 완전히 벌거벗은 상태에서 우선순위와 짐, 두려움, 죄책감, 진실, 환상, 머릿속에 떠오르는 모든 것들에 대해 의문을 제기할 것이다.

죽어가는 사람은 신체적, 정서적, 사회적, 가족적, 영적 가면을 모두 벗은 벌거숭이 상태이며, 그의 눈에는 당신도 그렇게 보인다. 그래서 죽어가는 사람들은 독보적인 통찰력을 갖게 된다. 죽어가는 사람 곁을 지킨다는 건 벌거벗은 채 서 있는 것이다. 이런 이유로 완화의료가 중요하다. 이 죽음의 시간은 얼마나 지속될까? 아직 아무도 모른다. 그리고 '시간이 얼마나 걸릴지 알 수 없다는 것'이

현재를 살 수 있도록 해주고, 충만함을 체험할 기회를 가
져다준다. 충만함을 느낀다는 건 우리의 생각과 감정, 태
도와 몸이 같은 시간과 장소에 함께 있다는 뜻이다.

　죽음을 향해 걸어가는 사람 곁에 있어주는 건 우리 삶
에서 순식간에 스쳐 지나가는 충만함의 순간이 될 수 있
다. 죽음은 당신의 것이든 다른 사람의 것이든, 자신의 삶
속에 진정으로 존재할 수 있는 희귀하고 어쩌면 유일하
기까지 한 체험을 제공해줄 것이다.

진실에 대해 이야기하기

좋은 것은 진실이 하나의 은밀한 의미로 우리를 찾아온다는
점이다. 우리는 혼란 속에서도 결국 완전함을 감지한다.

클라리시 리스펙토르

○

흔히 사람들은 중병에 걸린 환자에게 진실을 말해주면
환자의 죽음을 앞당기게 될 수도 있다고 믿는다. 근거 없
는 낭설에 불과한데도 말이다. 병에 대해 환자에게 이야
기하지 말아달라는 가족들의 애원 때문에 나도 딜레마에
빠지는 경우가 많은데, 그들은 환자가 진실을 알게 되면
비관하여 때가 되기도 전에 죽을 것이라는 맹목적인 믿
음에 사로잡혀 있다. 마치 옷장 안에 괴물이 들어 있을까
봐 문을 열지 못하는 아이들과도 같다. 집이 무너지고 있
어서 옷장이 집과 함께 쓰러지게 될 텐데 그들은 그걸 알
지 못한다.

　의사로서 나는 환자를 죽이는 건 병이지 병에 관한 진
실이 아니라고 말해주고 싶다. 물론 중병에 걸린 걸 알게
되면 일시적으로 슬픔을 느끼겠지만, 그때 느끼는 슬픔
은 치유에 대한 환상이나 거짓 약속 없이 진실한 삶을 누
릴 수 있는 시간으로 건너가는 유일한 다리이다. 환자의

희망을 죽이는 건 생명이 유한하다는 사실이 아니라 버림받은 느낌이다. 진실이 사람을 죽인다는 말은 잘못됐다. 나는 날마다 환자의 가족들에게 환자 본인이 자신의 건강 상태에 대해 알 권리가 있음을 납득시키느라 진땀을 뺀다.

　내 강의를 듣는 사람들에게 자신이 심각한 병에 걸렸을 경우 진실을 알고 싶은지 물으면 대부분 그렇다고 대답한다. 그러면 나는 그들에게 경고한다. 자녀, 친구, 가족에게 자신의 생각을 미리 말해두라고. 당신이 병에 걸리면 당신의 자녀, 친구, 부모, 그리고 주위의 거의 모든 사람들은 당신이 진실을 감당하지 못하리라고 간주할 테니까. 당신을 사랑하고 당신을 고통으로부터 보호해야 한다고 생각하는 모든 사람들이 의사에게도 침묵을 종용한다. 그들은 당신이 고통스러워하고 있을 때조차도 당신에게 아무 문제도 없다고, 당신은 건강하며 몸에서 느껴지는 이상이 절대로 심각한 게 아니라고 말한다.

　하지만 몸은 거짓말하지 않는다. 몸은 당신에게 어떤 때는 속삭임으로, 어떤 때는 외침으로 이렇게 말한다.

"뭔가 단단히 잘못됐어." 그리하여 당신은 의문에 젖는다. "어떻게 나한테 아무 문제가 없다는 거지?" 당신이 그런 순간에 이르렀을 때 주위 사람들이 곁에 있어줄 준비가 되어 있지 않다면, 그때부터 문제가 심각해진다. 가족은 착한 거짓말로 사랑하는 사람을 고통으로부터 지켜주고 있다고 생각하지만, 환자 또한 가족을 고통으로부터 지켜주기 위해 거짓말을 하고 있다는 걸 알지 못한다.

환자들은 늘 나에게 자신의 유한성에 대해 솔직하고 분명하게 이야기한다. 우리는 병의 진행 과정에 있어서의 매우 민감한 측면들에 대해서도 이야기하고, 심지어 환자가 어떤 장례식을 원하는지에 관한 대화도 나눈다. 하지만 환자들이 자신의 가족, 특히 환자의 죽음을 받아들일 준비가 덜 된 가족과 대화할 때는 환상에 빠진다. 몇 년 뒤의 여행 계획을 짜고, 저녁을 먹자거나 파티를 열자는 이야기를 한다. 그들은 병의 현실을 부정하는 것처럼 보이지만 사실은 환자와 병에 대해 이야기할 기회를 부정하는 것이며, 이는 환자가 진실을 받아들일 수 없을 거라는 편견에서 기인한다.

환자들에게 그들의 심각한 상태에 대해 알 기회를 주면, 진실은 그들이 남은 시간을 의식적으로 활용하고 삶의 주도권을 잡을 기회를 제공해준다. 진실을 감추는 것은 환자를 돕는 일이 아니다. 우리는 환자를 죽음으로부터 구해줄 수 없고, 환자가 홀로 있어야만 하는 시간에 감당해야 할 고난을 피하게 해줄 수도 없다. 죽음이 다가올 때 환자가 절박함을, 죽기 전 살아 있는 시간의 중요성을 인식하지 못하게 한다고 해서 죽음의 과정을 중단시킬 수 있는 건 아니다. 오히려 환자에게서 살아 있을 기회를 빼앗기만 할 뿐이다.

어떤 길이든 같은 곳으로 이어진다

죽는다는 건 그저 보이지 않는 것. 죽음은 길모퉁이를 도는 것.

페루난두 페소아

○

내가 지금까지 들어본 죽음에 대한 은유들 가운데 가장
마음에 들었던 것은 "죽음은 인생길에서 언젠가는 맞닥
뜨리게 되는 거대한 장벽"이라는 말이다. 환자들에게 삶
의 의미를 전하는 일에 매진해온 정신과 의사 윌리엄 브
레이바트는 완화의료에 관한 강연에서 이 은유에 대해
이야기했다.

　자신이 죽음이라는 장벽 앞에 서 있다고 가정하면 죽
음에 대한 주관적 관점을 얻을 수 있다. 우리는 지금 인
생길을 걷고 있다. 어떤 때는 슬프고 어떤 때는 행복하다.
가끔은 삶이 온통 어둠에 묻혀 어느 길로 가야 할지 알
수 없을 때도 있지만, 자신이 나아간다는 건 늘 알고 있
다. 가끔은 길을 가다 멈추어 '피곤하니끼 여기서 좀 쉬어
야겠어'라고 생각하며 앉아서 휴식을 취하기도 한다. 그
렇게 멈추었을 때, 자신이 그때까지 해온 일들을 돌아보
고 앞으로 무엇을 할지 생각한다. 그러고는 마음이 내키

면 일어나서 다시 길을 간다. 길은 언제나 우리 앞에 놓여 있다.

우리는 죽음에 가까워지면 거대한 장벽을 만난다. 나의 좋은 친구 레오나르도 콘솔림은 그 장벽이 중국의 만리장성처럼 매우 높고 길 거라고 말했다. 나는 그의 비유가 마음에 들어서 나 자신의 죽음에 대해 생각할 때 만리장성을 떠올린다. 장벽은 돌아서 갈 수도, 넘을 수도 없기에 그 앞에 이르러 죽음을 인지하게 되면 우리가 할 수 있는 일이라고는 과거를 되돌아보는 것뿐이다. 따라서 우리는 죽음을 맞이한 사람 곁을 지켜줄 때 진실해야만 한다. 그 사람은 자신이 걸어온 길을 돌아보며 자신의 인생길이 어땠는지, 그 여정은 가치 있는 것이었는지 알고 싶어 한다.

우리를 바른 길로 이끌어주고 올바른 선택을 할 수 있도록 만들어주는 것은 어떤 길을 택하든 그 길의 끝에 장벽이 기다리고 있다는 확신이다. 어떤 길이든 같은 곳으로 이어진다. 우리가 좋은 사람이든 그렇지 않든 우리는 결국 죽을 것이다. 우리가 정직하든 그렇지 못하든,

우리는 죽게 될 것이다. 우리가 사랑을 했든 못 했든, 사랑을 받았든 못 받았든 마찬가지이다. 용서를 했든 못 했든 종착지는 같다. 이 모든 것들은 최종 결과에 아무런 영향도 미치지 못한다. 신이 존재하든 존재하지 않든 상관없다. 신앙심이 깊은 사람들은 이 말에 열띠게 반박할지도 모르지만, 사실 최후의 시간은 오로지 죽음을 맞이한 사람 본인만의 것이다. 그가 신과 어떤 관계를 맺고 있는지에 따라 죽음을 앞두고 인생 최악의 순간을, 혹은 최고의 순간을 맞이할 수는 있다. 만일 신이 존재한다고 해도 우리는 죽는다. 만일 신이 존재하지 않는다고 해도 우리는 죽는다. 죽은 후의 일에 논의가 집중될 수도 있겠지만, 그때는 이미 우리가 가장 두려워하는 순간이 지나간 뒤다. 어떤 인생길, 어떤 인생 이야기이든 그 끝에는 예외 없이 죽음이 기다리고 있다. 살아 있는 동안에 우리는 이떤 깃을 할 수노 있고, 하지 않을 수도 있다. 어떤 것을 원할 수도 있고, 원하지 않을 수도 있다. 그러나 죽음의 경우 죽을 수도 있고 죽지 않을 수도 있다는 말은 성립되지 않는다.

삶의 과정에서 선택하는 길은 죽음과 만나는 마지막 순간에 마음의 평화를 느낄 수 있는지의 여부를 결정한다. 평생 당신의 선택이 고통이었다면 죽음과 만나는 순간에도 평화는 존재하지 않을 것이다.

죽음의 시간을 맞이한 환자에게 내가 해줄 수 있는 최선은 거기 있어주는 것이다. 거기 그의 곁에 그 사람을 위해, 오직 연민을 통해서만 가능한 다면적 존재의 형태로 있어주는 것이다.

만일 내가 죽어가는 사람의 고통을 느낀다면, 그것은 나의 고통이 될 것이므로 나는 그 자리에 있을 수 없다. 만일 내가 고통을 느낀다면 나는 환자가 아닌 내 고통 안에 있게 된다. 그러나 내가 타인의 고통에 연민을 갖는다는 건, 고통을 존중하지만 나 자신은 고통의 영향을 받지 않는 것이다. 나는 의사로서 환자에게 도움을 주고 환자를 편안하게 해주어야 한다. 환자를 연민으로 대한다면 그에게 도움이 될 수 있다. 하지만 나까지 고통을 느낀다면 마비되고 만다. 고통스런 자리를 견디지 못하고 나 자신부터 돌보아야 하기 때문이다.

타인의 고통을 지켜보는 것은 너무나 괴로운 일이며, 적절한 돌봄의 중요성에 대한 이해를 갖고 있는 의사가 옆에 없는 경우 죽음의 과정은 더욱더 고통스럽다. 내 조국의 의사들은 심각한 문제를 해결할 전문 지식이 없거나, 전문 지식이 있어도 활용하고 싶어 하지 않는다. 부끄럽지만 브라질 의료계의 통증 조절 관련 교육이 대단히 미흡하기 때문이다.

죽어가는 사람을 돌볼 수 있으려면 우선 자신이 어느 정도까지 도움이 될 수 있는지, 자신의 삶을 얼마나 책임감 있게 살아왔는지 알아야 한다. 자신에 대한 책임감이야말로 타인을 돌볼 책임을 질 능력의 척도이기 때문이다. 만일 당신이 삶의 가치를 알지 못하는 사람이라면, 죽어가는 이가 먼저 당신의 가면을 벗길 것이다. 이것은 죽음의 시간에 이루어지는 또 하나의 발견이다. 당신은 자신이 살아오면서 한 선택들에 담긴 진실을 깨달을 위치에 서게 된다. 그리하여 매순간 진정한 가치를 배우고 모든 가면, 착각, 두려움, 환상, 억압에서 벗어나게 된다. 당신은 누군가의 죽음의 시간에 진정한 신탁을 얻게 된다.

삶에 대한 조언을 얻고 싶으면 죽어가는 사람에게 물어보라. 세상을 떠나기 직전에 지혜로운 숨이 의식 속으로 들어오고 신성한 빛이 놀라운 명료함으로 정신을 환히 비추면, 그는 과거와 현재와 미래를 꿰뚫어 보면서 독실한 신앙인이 '신만이 아시는 일'이라고 부르는 삶의 모든 수수께끼들을 풀어낸다. 죽음을 맞이한 이는 주위 사람들의 눈에서 진실을 읽어낸다. 죽어가는 자는 주변 사람이 거짓말을 하면 곧바로 간파한다. 그러니 만일 당신이 죽어가는 사람의 눈앞에 있다면 그가 당신의 모든 진실을 볼 수 있다는 점을 명심하라.

당신은 뛰어난 의사나 간호사, 언론인, 법조인, 약사, 쓰레기 수거인, 요리사, 청소부로서 다른 사람들의 인간성과 접촉할 필요가 없는 일, 기술적으로만 능숙하면 되는 분야에서 진짜 실력자가 될 수도 있다. 당신이 불완전한 인간이라는 걸 아무도 모를 수 있다. 하지만 완화의료에 임하게 되면 당신의 돌봄을 받는 사람은 진실을 알게된다. 당신이 만사가 순조롭다고 거짓말하면 돌봄을 받는 사람의 눈빛은 당신이 틀렸다고 말한다. 당신이 죽어가는 환자 곁에 있어줄 수 없다고 느낀다면 실제로 당신은 자신이 무능하다는 걸 확신해도 된다. 자신이 한심하게 느껴진다면 해결책을 찾아보아야 한다. 죽음을 앞둔 사람 곁에 있을 수 있는 가치를 지닌 사람이 되기 위해서 자신의 삶을 먼저 돌보아야 한다.

나는 죽어가는 사람 곁에 있어주는 것보다 더 성스러운 일은 없다고 생각한다. 죽음에는 다음 기회가 없으니까. 당신이 어떤 종교를 가졌든, 종교가 있든 없든 이 생에서 오직 한 번 죽는다. 죽음에 연습은 없다. 당신에게 자녀가 하나든 둘이든 셋이든, 결혼을 몇 번 했든, 얼마나 많은 일들을 얼마나 많이 했든 죽음은 단 한 번이다. 당신은 정해진 때에 죽는다. 완화의료를 제공하는 능력을 키우기 위해서는 기술적인 훈련에 덧붙여 자신의 몸을 느낄 수 있도록 해주는 의식적인 신체 활동과 마음의 평화를 찾는 데 도움이 되는 정서적 치료 및 체험들이 선행되어야 한다. 당신 자신이 어디서 마음의 평화를 찾아야 할지 모르는데 어떻게 다른 사람이 마음의 평화를 찾도록 도울 수 있겠는가?

자격증이 삶의 의미를 보여주는 것은 아니니 그런 것에 연연하지 말자. 우리가 스스로의 삶에 부여하는 중요성은 이력서로 평가될 수 없다. 자신의 중요성이 어디에 놓여 있는지 모른다면 타인의 삶에서 무언가를 할 수 있기가 어려우며, 타인의 죽음 앞에 당신은 어색하게 존재할 것이다.

당신이 죽어가는 사람 곁에 있어줄 수 있음을 깨달을 때 변화는 시작된다. 죽어가는 사람이 스스로 짐 덩어리나 장애물, 성가신 존재가 된 기분을 느껴선 안 된다. 죽어가는 사람은 자신의 곁을 지켜주는 이들에게 자신이 소중한 존재임을 깨달을 기회를 가질 자격이 있다. 우리 모두 그럴 자격이 있다. 아파서 죽어갈 때조차도 자신이 소중하고 중요하며 사랑받는 존재임을 느낄 자격 말이다. 죽어가는 환자 곁을 지켜주고자 하는 사람이라면 환자의 감정을 가치 있는 것들로 바꾸는 법을 알아야 한다. 병과의 싸움에서 지고 있는 기분을 유한한 존재로서의 고통과 마주할 용기를 지녔다는 자부심으로 바꾸어주어야 한다. 죽어가는 사람이 스스로를 소중히 여기고, 자신

의 삶과 곁에서 돌봐주는 사람의 삶을 변화시킨다면 그
시간은 빛을 발한다.

죽어가는 사람의 곁을 지켜주기 위해서는
죽음의 날이 올 때까지 삶이 이어지도록
도와주는 방법을 알아야만 한다.
많은 사람들이 죽은 것처럼 사는 삶을 택하지만
모두가 살아 있는 상태로 죽을 권리를 갖고 있다.
내 차례가 오면, 나는 멋지게 삶을 마감하고 싶다.
그날, 나는 살아 있고 싶다.

산 주검

쇠로 만든 기차는 기계지만,
밤을, 아침을, 낮을 헤치고 달리지…
그것은 내 삶을 헤치고 달려,
그저 느낌이 되었지.

아델리아 프라두

○

죽어가는 환자는 흔히 주위 사람들에게 이미 죽은 사람처럼 여겨진다. 하지만 우리를 둘러싼 세상의 진짜 심각한 문제는 신체의 병과는 거의 관련이 없다.

많은 사람들이 몸은 멀쩡히 기능하는데도 진짜로 살아 있지 못한다. 그것이야말로 끔찍한 일이다. 삶의 정서적, 가정적, 사회적, 영적 측면에서 스스로 매장된 사람들, 어떻게 관계를 맺어야 하는지도 모르고 죄책감이나 두려움도 없이 엉망으로 사는 사람들, 실망하게 될까 봐 지레 겁을 먹고 타인과 신을 믿지 않는 사람들, 자신을 내주지 않고 허용도 용서도 하지 않으며 축복도 해주지 않는 사람들, 살아 있되 마치 죽은 것처럼 사는 사람들. 이런 산 주검들이 스포츠센터를, 술집을, 마가린 광고에 나올 법한 가족 식사 자리를 멋대로 돌아다니고, 수개월씩 일요일을 허비한다. 그리고 세상 모든 일들에 대해, 그리고 모든 사람들에 대해 불평한다. 개중에는 마약이나 알코올, 항우울제로 감각을 마비시켜 영원한 고통에 시달리는 사람도 있다. 이들은 모두 행복을 느낄 수 없는 슬픔으로부터 벗어나기 위해 안간힘을 쓴다.

　나는 병원에서, 특히 의사 진료실, 병동 휴게실, 탈의실에서 그런 사람들을 본다. 날이면 날마다 자신의 일에서 의미를 찾지 못하고 시체처럼 돌아다니는 길 잃은 사람들. 아이러니하게도 이른바 '의료 서비스'를 제공한다는 병원과 기관에서 산 주검의 악취가 가장 심하게 풍긴다. 큰 사무실들에 가보면 경제적, 정치적, 행정적 합리성이 넘쳐흐르는 사람들이 보인다. 그들 역시 삶은 부족하고 죽음은 풍족하다. 죽음의 독특한 냄새는 사람들이 살아 있음을 깨달을 기회가 없는 곳에서 특히 강하다. 실제로 죽음이 있는 곳에서는 삶이 스스로를 드러낸다.

　사람들이 살아 있는 기분을 느끼도록 만들기 위해서 그들 안의 죽음의 과정을 부정해서는 안 된다. 당신이 몹시도 사랑하는 사람 곁에서 그의 죽음을 함께 체험하고 싶다면, 다음과 같은 선결 조건을 갖추어야 한다. 당신 자신이 누구이며, 거기서 무엇을 하고 있는지, 어떻게 하면

그 과정을 최대한 고통스럽지 않게 만들 수 있는지 알아
야 한다. 그다음으로 죽어가는 사람이 스스로를 짐 덩어
리, 부담, 두려움과 후회의 바다로 보지 않고 가치 있는
존재로 생각할 수 있도록 만들어주기 위해 무엇을 할 수
있는지 알아야 한다. 만일 그 모든 과정에서 길을 잃은 기
분을 느낀다면 솔직하게 인정하라.

〈캐리비안의 해적〉이라는 영화를 보면, 길을 잃는다
는 것이 우리에게 어떤 가치를 지니는지에 대한 멋진 대
사가 나온다. "발견될 수 없는 곳을 발견하기 위해선 먼저
길을 잃어야 하지. 그게 아니라면 세상 사람들이 다 그곳
을 알겠지." 길을 잃었을 때 그것을 기회로 삼아야 한다.
죽어가는 이의 곁을 지킨다는 것은 길 잃은 심정을 여러
번 느끼게 된다는 의미이다. 그것은 도망칠 일이 아니다.
바로 그 시간 속에서 삶이라는 경이로운 곳에 이르는 난
생처음 가보는 길을 발견하게 될 것이다.

의과대학에서 배우지 않는 한 가지

언제라도 좋으니 스스로를 구할 수 있을 때 구하라.

클라리시 리스펙토르

○

유한성에 대해 이야기할 때 시간은 도돌이표처럼 되풀이되는 주제다. 남은 시간이 더 이상 없다면 행복할 시간이 있을까? 병에 걸려 치료를 받을 수 있도록 쏜살같이 흐르는 시간을 멈추고 싶어 하는 사람에게 시간의 단위는 초나 분, 시가 아니라 주사액과 약이 된다. 또는 이번 투약과 다음 투약, 이번 회진과 다음 회진, 이번 검사와 다음 검사 사이의 간격이 된다. 어쩌면 침대 옆에 걸린 링거액이 다 떨어지는 여섯 시간, 혹은 여덟 시간이 된다. 그에게 시간은 지나가는 것이 아니라 길게 펼쳐지는 것이다.

　나는 의사로서 양극단에서 일하는 특권을 누리고 있다. 상파울루 이스라엘리타 알베르트 아인슈타인 병원에서는 사회경제적 지위가 높은 환자들을 만나고, 역시 상파울루에 위치한 대학병원과 연계된 호스피스 병동에서는 매우 위태로운 상황에 있는 노숙자들을 돌본다. 이들은 상파울루라는 도시에서 양극단을 이루지만, 죽음에 가까워진 환자라는 동일한 현실에서 만난다. 인간의 고통은 부나 학위, 고무도장, 여권, 접시가 가득 차 있는지 비었는지, 책꽂이에 책이 얼마나 많이 꽂혀 있는지에 좌우되지 않는다. 사람들에게 고통을 야기하는 문제들은 다 똑같다. 부유한 아버지에게 유산을 받기 위해 싸우는 아들의 분노와 최저임금의 절반밖에 안 되는 연금을 두고 어머니와 싸우는 가난한 아들의 분노는 똑같다. 사회적 지위에 관계없이 사람들이 느끼는 아픔, 고독, 삶에 대한 사랑, 분노, 죄책감은 똑같다. 종교적 과격성도 똑같다.

이 두 환자 집단이 각자의 세계 안에서 가능한 모든 치료를 받는다고 해도, 돈을 많이 가진 사람들이 죽음의 과정에서 훨씬 더 무미건조한 체험을 하게 될 수 있다. 흔히 돈이 있으면 그 돈으로 무엇이든 할 수 있다고 믿는다. 비싼 병원에서 비싼 의료진에게 비싼 치료를 받으면 건강을 회복할 수 있으리라 기대한다. 하지만 때가 되면 세상 돈을 다 주어도 죽음을 피할 수 없다.

살아오면서 많은 선택권을 누렸던 사람들은 죽음이 찾아왔을 때 후회의 영역에 들어서기가 훨씬 더 쉽다. 반면 그저 살아남는 것이라는 한 가지 선택밖에 없었던 사람들은 대개 마지막에 이르면 자신에게 주어진 기회들로 최선을 다해 살았다는 확신을 갖는다.

호스피스에는 사람들이 고독에 붙인 멋진 이름인 프라이버시가 없다. 대개 2인실로 되어 있어서 죽음이 찾아오면 당신은 룸메이트의 죽음을 바로 옆에서 목격한다. 소름 끼치는 일처럼 들릴 수도 있으나 당신은 곧 자신의 차례가 올 것임을 알고 있으며, 이웃의 죽음에 대한 산 체험은 죽음의 순간이 평온할 수 있음을 깨닫게 한다.

호스피스에서 완화의료를 받는 사람들은 '일등석'으로 여행할 기회를 갖는다. 여행은 죽음의 과정에 대한 은유로 흔히 사용된다. 완화의료 전문가 데릭 도일은《플랫폼 티켓》이란 저서에서 삶의 마지막에 이른 환자들과 함께 일하는 의사로서 겪은 일화들을 소개한다. '플랫폼 티켓'은 기차역에서 플랫폼까지 들어갈 수 있는 입장권을 말한다. 이 입장권을 가지면 기차를 타는 사람을 플랫폼까지 배웅하면서 도울 수 있다. 죽어가는 사람들을 돌보는 우리는 그들이 기차에 올라 자신의 좌석을 찾아가서 편안히 자리를 잡도록 도와주고, 짐을 실어주고, 이 세상에 작별을 고하도록 해준다. 단, 우리는 그들과 함께 기차를 타고 떠나지 않고 플랫폼에 남는다.

　누구나 기차에 오르지만, 어떤 사람들은 그 과정에서 문제가 생긴다. 안타깝게도 사람들은 흔히 완화의료를 안락사와 연관시킨다. 말기 환자라는 진단이 내려진 후, 보호자들은 내가 환자의 고통을 끝내기 위해 할 수 있는 모든 걸(안락사마저도) 할까 봐 두려워한다. 그래서 나는 환자, 가족, 의료진 모두에게 돌봄이 무엇을 의미하는지에 대해 설명해야만 한다.

　환자가 삶의 끝에 이르렀을 때 내가 '자연스러운 죽음'을 허가하는 처방전을 쓰면 기괴한 반응이 따른다. 간호사가 와서 묻는다. "선생님, 이제 진정제를 쓰기 시작하는 건가요?" 나는 처음부터 다시 설명을 시작해야 한다. 아기들이 어떻게 태어나는가? 아기들이 진정제를 맞고 태어나는가? 아니라면 죽을 때도 진정제를 맞을 필요가 없다. 자연스러운 진통, 자연스러운 분만, 자연스러운 삶, 자연스러운 죽음. 그걸 이해하기가 그렇게 어려운가? 가끔은 그렇다. 그래서 나는 자세히 설명해야 한다. 환자 가족보다 간호사나 영양사, 언어치료사, 물리치료사를 이해시키기가 훨씬 어려우며, 의사들을 이해시키는 건 더 힘들다. 그러니 의료 분야에 몸담고 있지 않은 독자들이여, 부디 의사라고 불리는 가련한 사람들을 용서해주기 바란다. 우리는 의과대학에서 죽음에 대해 이야기하는 법을 배우지 않는다. 사실 우리는 삶에 대해 이야기하는 법도 배우지 않는다! 우리의 수련은 병에 집중된다. 우리의 어휘와 논리는 극히 제한적이다. 의사 또한 흰 가운과 면허 번호 뒤에는 누구나처럼 고통받는 심장이 뛰고 있으니, 그들에게 연민과 인내심을 보여주기 바란다.

맨 처음 의과대학에 들어갈 때는 생명을 구하겠다는 대단히 이상적이고 멋진 사명감에 불타지만, 생명을 구하는 것이 약물치료와 수술로만 이루어질 수 있는 일이 아님을 경험을 통해 깨닫게 된다. 의과대학에서는 훌륭한 의사라면 죽음을 피해야 한다고 가르친다. 의사의 일은 환자들의 건강을 증진시키는 것인데, 실제로는 환자들의 공포심을 기반으로 삼는 경우가 더 잦다. 검진을 받으세요! 일주일에 5회는 걷기 운동을 하고, 양질의 수면과 식사를 유지하세요! 안 그러면 죽어요! 물론, 조건들을 다 지킨다고 해도 언젠가 죽을 것이다. 그러니 의사들은 사람들에게 그런 조건들을 다 지키면 더 나은 삶을 살게 된다고 말해야 한다. 그것만으로도 충분한 이유가 된다.

의사들을 비롯한 의료인들이 반드시 깨달아야 할 점은, 그들의 실패가 환자의 죽음에 있지 않다는 것이다. 의사의 실패는 환자의 죽음이 아니라 환자가 잘 살지 못하는 것에 있다. 많은 사람들이 암에서 치유된 후 너무도 불행한 삶을 살아간다. 왜 그런 일이 벌어질까? 건강은 우리가 삶에서 의미 있는 체험들을 즐길 수 있도록 가교 역할을 해주는데, 환자들에게 그걸 이해시키지 못한다면 병을 치유하고 통제해봐야 무슨 소용이 있겠는가? 의사가 환자들에게 해주어야 하는 가장 중요한 일은 그들을 포기하지 않는 것이다.

완벽한 마침표가 되려면

누군가를 만질 때 그저 몸만 만져서는 안 된다. 내 말은, 사람
을 만질 때 그 몸 안에 존재의 모든 기억이 들어 있음을 잊지
말라는 것이다.

좀 더 심오한 자세는 사람의 몸을 만질 때 하나의 '숨'을 만지
고 있음을 기억하는 것이다. 그 숨은 모든 고뇌와 어려움을
지닌 한 사람의 숨인 동시에, 우주의 위대한 숨이기도 하다.
따라서 사람의 몸을 만질 때는 하나의 사원을 만지고 있음
을 기억해야 한다.

장 이브 를루

○

내가 날마다 완화의료에 임하면서 만나는 환자들과 보호
자들은 죽음 앞에서 인간존재와 영성이라는 매우 심오한
문제들과 마주하게 된다. 영성에 대해 이야기하려면 먼
저 그것을 둘러싼 잘못된 생각들을 내려놓아야 한다. 잘
못된 생각들을 움켜쥐고 있는 건, 마치 거꾸로 놓인 성경
앞에 앉아서 읽기 위해 애쓰는 것과도 같다.

2010년 인구조사에 따르면, 92퍼센트에 달하는 브라
질인이 종교를 갖고 있다고 답했다. 종교가 없다고 답했
다고 해서 반드시 신을 믿지 않는 건 아니다. 브라질 인구
의 0.02퍼센트만이 신을 믿지 않는 무신론자인 것으로 나
타났다. 대다수가 신을 믿고 종교를 갖고 있으며, 하나 이
상의 종교를 가진 국민들이 다수에 이른다. 그런 점에서
브라질인은 로마가톨릭이든 신오순절교회이든 강령회
이든 신의 트레이드 마크라고 할 수 있는 기독교의 신 여
호와에게 충실하지 못하다는 비판을 받는 경우가 많다.

하지만 이러한 '만신적' 현상은 브라질인이 안전과 보장, 그들을 보호하고 지지하고 앞길을 닦아줄 위대한 어떤 것을 추구하는 민족임을 나타낸다. 우리는 종교적 행위를 통해 만사를 뜻대로 이룰 수 있다고 믿는 문화권에 속해 있다.

대부분의 사람들이 자신이나 주위 사람이 중병을 앓게 되면서 죽음이 임박했음을 인식할 때 종교 혹은 신앙심의 중요성을 깨닫는다. 그러면서 신과의 관계 속으로 들어갈 수 있는 가능성을 발견한다. 나는 완화의료 일을 시작하면서 수백 명의 사람들을 돌보았다. 거기에는 수백 가지 사연들이 있으며, 모든 이야기들이 독특하고 하나같이 인간적이다. 그동안 나는 로마가톨릭, 신오순절교회, 강령회 등 모든 종교의 신자들과 무신론자들을 돌보았다.

내가 돌보아온 환자들 중에 (호스피스에서 4년이 채 안 되는 기간 동안 6백 명 이상을 돌보았다) 죽음의 과정에서 가장 평온한 이들은 무신론자들이었다. 개심한 무신론자들이 아니라 원래 무신론자였던 사람들 말이다.

죽음을 앞둔 사람 중에서 가장 영적 고통이 큰 이들은 '개심한 무신론자'로 보였다. 개심한 무신론자는 과거에는 신을 믿었다가, 심지어 종교를 갖기까지 했다가, 어느 시점에 신의 잘못으로 인해 신에 대한 신뢰를 잃게 된 경우이다. 신에게 실망한 사람들은 결국 믿음을 잃고 무신론자로 전향한다.

원래 무신론자들은 무신론자 집안에서 태어나는 경우가 많고, 어렸을 때부터 신을 믿지 않았던 사람들이다. 그럼에도 그들은 평균 이상의 영성을 지닌다. 그들은 자신에게, 그리고 타인에게, 그리고 자연에 이로운 행동을 한다. 그들이 선을 행하는 모습을 보면 그들의 인간성에 매료되지 않을 수 없다. 그들은 구세주 신을 믿지 않기에 스스로 자신의 생명을 구원하고, 자신이 살고 있는 지구의 생명을 지키기 위해 본분을 다한다.

내가 병원에서 만난 무신론자늘은 암에 걸려 화학치료와 방사선치료, 수술을 받고 죽음의 문턱에 이른 환자나 그 보호자였다. 그들은 상대적으로 영적 고통이 덜한 것처럼 보였다. 종교적 근본주의자가 들으면 좌절할 노

룻이지만, 신은 무신론자에게 분노하지 않을 정도의 위
대함을 지녔다. 무신론자들은 죽음의 전 과정을 온전하고
평온하게 겪어냈다. 이는 잘 죽기 위해, 더 나아가 죽음을
면하기 위해 신을 믿어야만 한다고 여기는 사람들에게 불
편한 진실이 될 수밖에 없다. 그 어떤 종교도 죽음을 막아
주지는 못한다. 어느 종교의 신도 육신의 종말을 막을 수
없다. 내가 무신론자의 놀라운 영성에 대해 이야기하면
호전적인 종교인들은 분노를 감추지 못한다. "그게 뭡니
까? 사람이 어떻게 신을 믿지 않고 잘 죽을 수 있다는 겁
니까?"

　나는 호스피스에서 신앙심 깊은 사람들이 매우 평온
하게 숨을 거두는 것 역시 목격했다. 이를 통해 결과적으
로 많은 깨달음을 얻었다. 종교는 심각하고 사악하기까
지 한 동반 질환이 될 수도 있고, 심오하고 효과적인 치유
의 도구가 될 수도 있다.

　나는 2011년에 발표된 한 신경과학 논문에 주목했는
데, 이 논문은 '신의 생각'이라고 명명된 뇌의 영역을 설명
한다. 〈당신의 영혼은 얼마인가?〉라는 제목의 이 연구는

기능자기공명영상법(특정한 내부 및 외부 자극에 반응하는 뉴런의 활동을 나타내는 영상검사)을 이용하여 뇌의 영역별 활성화를 조사했다. 실험의 첫 단계에서는 참가자들에게 '신성함'을 일깨우는 문구들을 노출시킨 후, 그 순간 뇌의 어느 영역에서 자극에 대한 반응이 일어나는지 기록했다. 그리고 두 번째 단계에서는 참가자들에게 의견을 바꾸면 돈을 주겠다는 제안을 했다.

첫 단계에서는 두 개의 중요한 영역이 확인되었는데, 그 두 영역은 각각 비용─편익 평가, 옳고 그름에 대한 의무론적 가치들과 관련되어 있었다. '신성한' 문구에 노출된 순간 뇌의 옳고 그름의 영역에서 반응을 보인 사람들의 경우, 비용─편익 영역에서 반응을 보인 사람들보다 돈을 받고 의견을 바꾸는 경향이 낮게 나타났다. 그러니까 만일 어떤 사람이 신성한 것을 편익으로 여긴다면 그에 상응하는 비용과 저울질하게 될 것이며, 무엇이 걸려 있느냐에 따라 (이를테면 자식의 생명) 신조차도 그것과 바꿀 가치를 지니지 못할 수도 있다.

인간의 뇌에서 '신의 생각'이라고 명명된 영역은 신에

대해 이야기하도록 자극되었을 때 활성화되는 부분이다. 만일 당신이 "신은 그의 뜻을 따르지 않는 자를 벌한다"라고 말한다면, 당신이 신이라면 그런 자를 벌하겠다는 의미가 된다. 인간들이 전하는 신의 '말씀'은 매우 신중하게 다루어져야 하는데, 신보다 그 말을 전하는 사람들의 의지가 더 강하게 드러나기 때문이다. 신성한 것에 대한 진정한 반응은 설령 신이 반대한다 하여도 변함이 없어야만 한다.

이 논문은 신성한 가치들이 타인의 시선에 따라 얼마든지 변할 수 있다고 이야기한다. 다른 사람들에게 좋은 인상을 줄 수 있기 때문에 선을 행하는 태도는 스스로를 종교인이라고 부르는 이들 사이에서 흔히 볼 수 있는 현상이다. 그들은 자신이 얼마나 자비롭고 너그러운지 보여주고 싶어 하며 친절하다는 칭찬을 좋아한다. 이런 행위는 비용-편익 영역에 속하며, 이 경우 편익은 사회적 인정이다.

자신의 이익을 위해 선을 행하는 이들도 있다. 다음 생에서 얻는 편익도 선행의 동기가 된다. 그런 태도 역시 이득을 저울질하는 것이다. 그건 신성한 게 아니라 비즈니스다. 신성한 행위란 그것으로 인해 아무 이득도 볼 수 없고 심지어 손해만 본다고 해도 자신의 믿음을 실천하는 것이다. 이 경우 당신이 믿고 표현하는 것들의 척도가 되는 건 온전함이다. 생각과 감정이 말이나 행동과 다른 사람은 분열 상태에 있는 것이다.

인간의 온전함은 어떤 생각을 하고, 그 생각이 말이나 행동으로 얼마나 잘 나타나는지에 달려 있다. 이것들이 정렬의 과정에 있다는 것은 아직 완전하게 도달하지 못했다고 해도 온전하다는 것이다. 나는 영성이 나 자신과 내 삶, 타인, 사회, 우주, 자연, 그리고 신과의 관계에서 중심축을 이룬다고 생각한다. 종교의 드라마는 타인, 그리고 신과의 관계 속에 존재한다. 심판이나 비난은 이 중심축에 유독한 정서를 심어 '더 위대한 선'으로의 자연스러운 흐름을 방해한다.

사람들은 종교에서 진리를 구한다. 나는 완화의료를 하면서 많은 종교들에 대해 연구했고, 그 결과 어떤 종교에서는 신에 대한 믿음이 요구되지만 그렇지 않은 종교도 있음을 알게 되었다. 불교와 자이나교에서는 신성하고 성스러운 것은 믿지만, 천지창조를 계획하고 실행에 옮긴 천재적인 창조주의 존재는 믿지 않는다. 하지만 많은 사람들이 종교에서 진리를 구하면서 신과 관계를 맺게 되는데, 일단 신의 존재를 진리라고 믿게 되면 다음 단계는 신과 관계를 맺는 것이기 때문이다. 각 종교는 '신과의 관계'라고 불리는 이 대대적인 노력을 기울임에 있어, '특별하다'고 여겨지고 '선택된 사람들'이라고 불리는 독실한 신자들을 지배하는 기준, 행동 규칙, 관행을 만들고, 성서의 말씀들을 기반으로 한 공감대를 형성한다. 사람들은 특별하고 우월한 위치에 서고 싶어 하는 묘한 습성을 지니고 있으며 종교는 사람들에게 선택된 존재, 특혜의 대상, 자격을 갖춘 존재, 그들과 뜻을 같이하지 않는 다른 인간들과 동떨어진 돋보이는 존재라는 의식을 심어준다.

　그리고 자신이 선택받은 존재라고 믿는 사람들은 신의 메시지를 전하는 이들을 추종하며 일종의 집착을 키워간다. 의무적인 읽기, 끝없는 교육, 통과의례들, 고통스러운 피정이 신성한 것에 대한 맹목적인 믿음으로 이어진다. 이런 종교적 지식의 습득, 종교의 '인지적 확장'에 가장 열성적으로 헌신하는 사람들은 종교 안에서 높은 지위에 오르고 스스로를 신의 메시지 전달자 혹은 사제로 여긴다. 신도들이 신과 나누는 대화에서 중재자 역할을 하는 사람들이 바로 이들이다. 자신이 진리를 이해하는 데 한계를 지녔음을 아는 신도들은 진리와 가장 가까이에 있다고 인정받는 사람들의 말에 귀 기울인다. 그들이 진리를 설명해주기를 바란다.

문제는 진리가 하나의 관념이 아니라 체험이라는 것이다. 우리는 자신을 초월하여 진리를 '체험'할 때만 '영적' 진리와 접할 수 있다. "나는 신을 믿는다!"라고 말하는 건 아무 의미도 없다. 신의 존재라는 진실을 체험한 사람은 이렇게 말할 것이다. "나는 신이 존재한다는 걸 안다." 다시 말하자면, 나는 태양이 날마다 떠오르는 길 믿는다고 말할 필요가 없다. 태양이 날마다 떠오르는 걸 알기에 그 점에 대해서 의심의 여지가 없다.

영성에 관한 진실을 아는 사람은 초월의 체험을 삶 그

자체로 여기며 산다. 무언가를 증명할 필요도, 누군가를 설득할 필요도 없다. 설명하는 것도 불가능하다. 그런 사람들은 누가 의심해도 공격당한 기분을 느끼지 않는다. 관념적 진실로서 종교에 대해 이야기할 때 논쟁이 의미를 지니는 이유는 규칙, 기준, 방침, 행위, 장점과 단점, 비용과 편익에 관한 논의가 되기 때문이다.

여기에서 우리는 신과 가질 수 있는 두 번째 종류의 관계로 넘어간다. 바로 권력 관계이다. 사람들은 신에게 요구하고, 신의 마음을 바꾸고 싶어 한다. 마치 신이 터무니없는 사디스트여서 사람들이 무릎을 꿇고서 사막을 건너고 피를 흘리기를 원하기라도 하는 것처럼 신에게 아부하고, 협상하고, 희생을 바친다. 그래도 신이 요구를 들어주지 않으면 배신당하고 버려지고 벌 받은 기분을 느낀다.

신의 은총을 얻기 위해 협상하는 사람들은 이런 기도를 올린다. "하느님, 제가 말입니다, 암에 걸렸습니다. 암이 낫는다면 정말 좋겠습니다. 제 기도를 들어주신다면 정말이지 옳은 일을 하시는 겁니다. 제 가족과 친구들의 마음을 얻으실 수 있을 겁니다. 병이 낫는다면 길거리로 나가서 하느님께서 하신 일을 세상 사람들에게 전하고 전단을 돌리겠다고 약속합니다. 그러니 제발 하느님, 제 소원을 들어주십시오. 그러면 얼마나 많은 사람들이 하느님을 믿게 될지 직접 확인하실 수 있을 겁니다! 이건 그냥 제안일 뿐입니다. 저는 하느님이 말씀하시는 건 무엇이든 하는 사람이라는 걸 아실 겁니다." 그들은 이런 식의 어리석은 기도를 고집한다.

어떤 사람들은 신이 귀머거리에 치매라고 생각하는 것 같다. 자신이 원하는 바를 들어달라며 소리를 질러대고, 같은 기도를 수백 번씩 미친 듯 반복한다. 그런 생각을 할 때 '신의 생각'이라고 명명된 뇌의 영역이 작동한다. 이 영역은 사람의 비판적 능력에 따라 크기가 다르다. 만일 당신의 비판적 능력이 떨어진다면 결국 자신의 권한 밖에 있는 결정을 내리게 될 것이다.

종교에서 말하는 신앙은 단순한 믿음과는 사뭇 다르다. 신앙을 갖는 것은 믿음과는 다르다는 걸 내게 가르쳐 준 사람이 있다. 가정 파탄을 겪은 후 노숙자로 살았던 어느 현명한 환자였다. 그는 가족보다 친구들과 더 나은 관계를 맺을 수 있었다. 내가 그에게 물었다. "프란시스코, 신을 믿어요?" 그러자 그가 대답했다. "아니, 나는 신을 믿지 않아요. 신에 대한 신앙을 갖고 있지요." 내 표정을 보며 그가 물었다. "내 말 이해했어요?" 아니, 전혀. 그가 무슨 말을 하는지 도무지 알 수 없었다. 그러자 그가 나를 구원해주었다. "믿는 거야 무엇이든 믿을 수 있어요. 나는 악마도 믿고 마녀도 믿어요. 하지만 신앙은 오직 신에 대해서만 갖고 있어요."

그 순간 계시를 받은 기분이었다. 단순한 믿음과 달리 신앙에는 굴복이 요구된다. 만일 당신이 신에 대한 신앙을 갖고 있다면, 그리하여 무슨 일이 생기든 그것이 신이 당신에게 행한 최선이라는 신념을 갖는다면, 당신은 자신에게 생긴 일이 가장 잘된 일이라고 확신하게 된다. 당신에게 생긴 일이 병과 고통에 이어지는 죽음이든 치유든 그건 당신에게 가장 잘된 일이다. 신이 당신을 치유해줄 거라는 믿음이 있다면, 자신이 치유되는 것이 최선의 결과라고 확신하게 된다. 당신이 신앙을 갖는다면 당신

은 신의 보살핌과 보호를 받는 위치에 선다. 당신이 살아
가야 할 운명으로 당신을 인도할 수 있는, 당신에게 꼭 알
맞은 신, 그런 신을 가진 행운에 완전히 자신을 맡기고서
진심으로 "신의 뜻대로 하옵소서"라고 말하게 된다.

　이렇듯 신앙에 굴복이 요구된다는 관점에서 보면 진
정한 신앙인들은 소수, 아니 극소수에 불과하다. 영적 체
험은 직접적 진실이지 관념적 진실이 아니며, 종교와 상
관없이 초월의 체험은 얼마든지 가능하다. 내가 생각하
는 초월은 우리 안의 영성을 일깨우는 무언가와 합쳐져
그것과 '하나'가 되는 강렬한 감정이다. 바다, 일몰, 사랑
하는 사람의 포옹은 당신이 거기에 있어서 그 순간에 속
할 때, 그리하여 바다, 빛, 하늘, 산들바람의 일부가 될 때
비로소 완전해질 것이다. 더 이상 '과거의 나' 혹은 '미래
의 나'로 존재하지 않고 그 순간, '현재의 나'가 되는 것이
다. 그리고 그 감정과 분리되는 순간, 우리는 달라진다.
변모한다.

　삶의 종말은 엄청난 위력을 지닌 초월의 체험이다.

　초월의 체험은 늘 신성하다. 지구 어디에서나 바닷물

이 짠 것처럼 우리가 초월을 체험하는 순간은 언제라도 늘 신성하다. 우리가 초월의 순간에 기능자기공명영상검사를 받을 수 있다면 장담하건대, 신성하고 가치롭고 선하고 진실한 것에 반응하는 뇌 영역에 불이 들어올 것이다.

당신이 신성하다고 여기는 것, 당신이 신이라고 여기는 존재에 대해 의문을 제기해야 한다고 말하는 것이 옳은 일인지는 모르겠다. 신이 무엇인지에 대해 스스로에게 질문을 던지는 건 매우 위험한 일이지만, 죽음(자신의 죽음, 혹은 몹시도 사랑하는 사람의 죽음)에 직면하면 그렇게 하게 된다. 그러니 신앙의 최종 평가에 대한 마음의 준비를 해둘 필요가 있다. 마지막 시간에 이르러 이번 생에서의 임무가 끝났음을 인정하게 될 때, 신앙은 어떤 의미를 지닐까? 고통은 사람을 변화시키는 계기가 될 수 있다. 고통의 순간에 당신은 완전히 새로운 시각으로 신을 보게 될 것이다. 우리들 각자의 마음 안에 신의 왕국이 있다는 말은, 자신만의 지극히 개인적이고 독특한 신을 갖고 있다는 의미이다. 만일 당신이 신성함에 대한 모든 걸 알고 있다고 생각한다면, 죽어가는 사람을 대할 때 당신 안에 사는 신이 당신 내면의 진실로 신성한 것이 무엇인지 보여줄 것이다.

하지만 당신이 종교에 대해 누구보다 잘 안다는 확신에 차서 죽어가는 환자를 대한다면 매우 위험한 일이 될 수 있다. 당신의 종교관이 환자와의 관계에서 방해물이 될 수 있기 때문이다. 그건 재난이다. 차라리 완화의료 종사자들이 모두 평생 무신론자로 살아온 게 훨씬 나은데, 순수한 무신론자들은 다른 사람들의 믿음에 대한 인류학적 호기심이라도 있기 때문이다. 요람에서부터 신을 믿지 않은 진정한 무신론자들은 다른 모든 사람들의 의견과 믿음을 존중하는 평화주의자들이다. 그들은 평가를 내리지 않는다. 그저 호기심을 느낄 뿐이다. 하지만 개심한 무심론자들의 경우, 종교인과 마찬가지로 근본주의자들이라 신이 존재하지 않는다는 걸 증명하기 위해 싸움도 불사한다. 그래서 나는 개심에 의한 무신론 또한 신이 존재하지 않는다는 걸 증명하기 위해 애쓰는 종교로 본다.

의료인이 환자를 자신의 종교로 개종시키려 하는 건

위험할 수 있다. 환자가 바른길을 선택하지 않아서 고통 받는다고 생각하는 것 자체가 그 선택된 길의 위대함을 이해하지 못한다는 선언이다. 환자가 예수님을 마음으로 받아들이지 않아서 죽어가는 거라고 생각하거나, 심지어 대놓고 말하는 사람들이 어디나 꼭 있다. 그런 생각이나 말을 한다는 것은 그들의 마음에도 예수님이 들어오지 않았다는 뜻과 같다. 마음에 예수를 품은 사람이라면 죽음을 앞두고 고통스러워하는 이에게 결코 그런 행동을 보일 수 없기 때문이다. 예수도, 부처도, 그 어떤 영적 지도자도 모두 죽었다. 죽음은 신성한 행위이다.

타인을 이해하고 타인의 이해를 끌어내기 위해 애쓰는 것은 영적 돌봄에 있어 매우 중요하면서도 힘든 도전이다. 그런 이유로 나는 죽어가는 사람을 돌보기 위해서 먼저 자신의 지식과 편견을 버려야만 한다고 생각한다.

모든 사람들이 택해야 하는 길은 없다. 사람들은 각자가 하나의 새로운 삶의 모델이고, 하나의 새로운 우주이기 때문이다. 그 우주는 엄청나게 광대하면서도 동시에 너무도 독특하고 복잡해서 당신의 편협함을 적나라하게 드러낸다. 환자와 가까운 사람들, 특히 가족을 도우며 죽음의 과정이 얼마나 장엄한지를 보게 되면 모든 게 명료해지고 순조로워진다. 바다로 흘러가는 강물에 아무런 의심이나 서두름도 없이, 자기 자신이라는 흐름에 거스르지도 않고 차분히 굴복할 수 있다. 그리고 자연스럽게 떠나는 이에게 보조를 맞추어줄 수 있다. 본질적으로 종교는, 진정으로 인간적인 상호작용 속에서 우리 안의 신성한 것과 연결되는 경이로운 길이다. 어쩌면 신은 인간의 내면 속에 있는 것이 아닌지도 모른다. 어쩌면 우리 모두가 신 '안에' 있는 것인지도 모른다.

나는 죽음을 앞둔 너무도 많은 사람들을 돌보면서 우리 각자의 마음속에 있는 이 영성의 바퀴가 돌아가도록 만드는 건 사랑과 진실임을 깨닫게 되었다. 우리가 느끼고, 생각하고, 말하고, 삶으로 사는 사랑. 우리가 느끼고, 생가하고, 말하고, 삶으로 사는 진실. 당신의 종교가 무엇이든, 신을 믿든 안 믿든, 당신의 영성이 사랑과 진실(단순한 관념이 아니라 삶으로 사는)에 기반을 둔다면 어떤 길을 택하든 당신의 삶은 가치를 지닐 것이다. 언제나.

후회

우리는 불신을 거두지.
그래서 우리는 외롭지 않아.

닐 피어트

○

유한성에 직면했을 때 가장 큰 고통을 불러오는 일은 과거를 돌아보는 것이다. 임박한 죽음에 대한 인식은 그동안 살아온 삶을 돌아보며 자신이 했던 선택들에 대해 다시 생각해보도록 만든다. 그러다 이런 의문에 젖는 날이 온다. 나는 올바른 길을 걸어왔나? 과거로 돌아갈 수 있다면, 더 부자가 되고 죽음이 더 늦게 찾아오도록 만들 수 있을까?

유한성에 직면했을 때 처음 자신에게 던지는 질문은, '이렇게 되지 않을 수도 있었을까?'이다. 그리고 생각들이 이어서 떠오른다. 아, 담배를 피우지 않았더라면 폐암에 걸리지 않았을 텐데! 음주운전을 하지 않았더라면 지금 여기 있지 않을 텐데! 건강한 삶을 살았더라면 관상동맥이 막혀서 이 지경에 이르지 않았을 텐데! 이런 집안에 태어나지 않았더라면 병에 걸리지 않았을 텐데! 아직 시간이 남아 있다면 새로운 선택을 하게 될 수도 있다. 그런 경우 후회는 바른길로 옮겨갈 기회와 함께 찾아오니까. 하지만 시간이 다 되었다면 후회는 전형적인 형태를 띤다. 그릇된 선택의 결과를 고스란히 견뎌야 한다. 당신은 그 선택(지금은 그릇된 선택이었다고 여기는)을 할 때 잘못된 길로 들어서고 있음을 알지 못했다는 사실을 잊고 있을 수도 있다.

브로니 웨어는 《내가 원하는 삶을 살았더라면》에서 삶의 마지막 단계에 이른 '말기 환자들'과의 만남에 대해 이야기한다. 간호사였던 그녀는 가정 방문을 다니면서 죽음의 문 앞에 이른 사람들과 대화를 나누다가 '후회'라는 말이 반복적으로 등장한다는 걸 깨달았다. 브로니는 죽어가는 사람들이 가장 많이 하는 다섯 가지 후회에 대해 소개했다. 나 역시 날마다 죽어가는 환자들을 돌보는 사람으로서 브로니의 이야기에 전적으로 동감한다.

다섯 가지 후회들 가운데 첫 번째는 다른 사람들이 내게 기대하는 삶이 아니라 나 자신에게 충실한 삶을 살지 못했다는 후회다. 많은 사람들이 그런 후회를 안고 있으며, 죽음을 앞에 두고 허비한 삶에 대한 대차대조표를 작

성할 때 다른 사람들을 위해 바친 시간, 다른 사람들의 이
익을 위한 일이라고 믿고 한 일에 들인 시간을 되돌리고
싶어 한다. 문제는 아무도 그런 일들을 하라고 요구하지
않았으며 자신이 원해서, 자신이 상상할 수 있는 가장 고
귀하거나 이기적인 이유 때문에 한 행동이라는 것이다.

　누군가를 기쁘게 해주기 위해 무언가를 하는 경우 자
신이 그 사람의 행복에 기여하고 있다고 믿게 마련이다.
하지만 이면을 들여다보면, 그렇게 해줌으로써 그의 인
생에서 자신이 얼마나 중요한 존재인지를 입증하기도 한
다. 좀 더 깊이 생각해보면, 다른 사람의 인생에서 중요한
존재가 되기 위해 시간을 바치는 것은 몹시도 힘든 길을
택하는 것이다. 자신으로 살 수 있고 있는 그대로 사랑받
을 수 있다면 그게 바로 행복이고 충만함이다. 반대로 사
랑받기 위해 다른 사람이 되어야만 한다면 무언가 잘못
된 것이다. 필시 후회가 뒤따른다. 다른 사람들을 위해 가
장한 모습이 진정한 내가 될 수는 없으니까. 그건 매우 위
험한 길이다.

　죽어가는 사람 곁을 지킬 때 당신이 반드시 기억해야

할 점은, 그 사람의 죽음은 당신을 쓸모 있는 존재로 만들
어줄 도구가 아니라는 것이다. 그것은 죽음의 목적이 될
수 없다. 죽어가는 사람은 당신이 쓸 만한 사람임을 확신
할 수 있도록 존재하는 것이 아니다. 죽어가는 사람 곁을
지켜주는 건 당신의 존재 가치를 높이는 일보다 훨씬 더
위대한 일이다. 당신은 당신으로 존재하기 위해 존재한
다. 숨 쉬는 것처럼 단순한 일이다. 그 와중에 당신은 삶
을 살아가면서 다른 사람에게 혜택이 돌아갈 결정을 내
리곤 하는데, 심지어 당신이 요구받은 일이 아닐 때도 있
다. 이를테면, "난 열심히 일할 거야. 내 아이들에게 최고
를 주고 싶으니까", 혹은 "난 먹지도, 자지도 않을 거야. 해
뜰 때부터 해 질 때까지 일해서 아이들을 비싼 학교에 보
내고 의사, 엔지니어, 법조인으로 만들 거야"라고 다짐하
는 것이다. 하지만 아이들이 예술가가 되거나 세상을 여
행하고 싶어 하면 존중해주지 않고 그들이 스스로 결정
을 내릴 안목을 갖추지 못했다고 여긴다. 아이들과 대화
를 나누거나, 자유로운 선택권을 갖도록 허용하지 않는
다. 당신의 소망과 다른 결정을 내리면 분노와 좌절감을

감추지 못한다. "그게 무슨 소리야? 내가 너를 위해 얼마
나 희생했는데! 부모의 은혜도 모르고!"

　언젠가 나는 중증 치매 환자를 돌보게 되었는데, 그녀
는 오랜 세월 병상에 누워 딸의 보살핌을 받았다. 딸은 어
머니가 죽으면 안 된다고 절규했다. "어머니를 위해 인생
을 바쳤어요! 스무 살 때 결혼 준비를 다 마치고 청첩장
까지 보내놨는데, 교회도 빌리고 예식 비용도 다 치렀는
데 어머니가 나한테 말했어요. '나를 버리려는 건 아니지,
응? 늙고 병든 이 어미를?'" 그때 딸은 모든 걸 포기했다
고 했다. 결혼도 취소하고 공부도 중단하고 어머니를 돌
보는 일에만 매달렸다. 그렇게 35년이 지났다. 결국 딸은
인생의 꽃다운 시절을 어머니에게 바쳤는데 어머니가 자
기를 버리고 저세상으로 떠난다는 게 납득이 되지 않았
다. 어머니가 무슨 자격으로 죽는단 말인가? 그녀는 어머
니가 죽을 자격이 없다고 생각했다. 그리고 절망에 차서
나에게 애원했다. "어머니를 치료해줘요. 모르핀을 놔줘
요. 우리 어머니는 죽으면 안 돼요! 삽관술도 하고 할 수
있는 건 다 해줘요. 살아야만 해요. 난 어머니에게 인생을

걸었어요."

극단적인 고통이 담긴 드라마 같은 사연이다. 어머니
가 딸에게 미래를 포기하고 자신을 보살펴달라고 요구했
을 때 딸은 다른 방법으로도 어머니를 도울 수 있다는 말
을 하지 못했다. 딸은 어머니의 협박을 받아들였고 나중
에 후회했지만, 뒤늦은 후회는 비애만 남길 뿐이다. 이제
되돌릴 방법이 없으니까.

이 사연처럼 드라마틱하지는 않다고 해도 우리 모두
가 이와 유사한 요구들을 받았다고 여기며 기대에 부응하
기 위해 자신의 삶을 살지 못하고 있는 건 아닐까? 우리는
다른 사람들을 기쁘게 해주기 위한 결정을 무수히 많이
내리고, 그 결정은 삶에 중대한 영향을 미친다.

병원에 노인들을 방치하여 쓸쓸한 죽음을 맞이하게
한다는 거센 비난이 자주 들린다. 하지만 병원에 있는 환
자들이 모두 외로울 거라는 속단은 피해야 한다. 암에 걸
리거나 60세가 넘으면 갑자기 온 가족의 숭배와 사랑을
받을 자격을 가진 성자의 위치에 오른다고 생각하는 이
들이 많다. 하지만 인생은 그런 것이 아니다. 질적인 관계

는 스스로 구축해가는 것이며, 우리가 어떤 관계들을 맺어왔는지에 따라 사랑하는 이들에게 둘러싸여 삶의 마지막 시간을 즐길 수도, 홀로 쓸쓸히 죽음을 맞이할 수도 있다. 병원에 방치된 사람들에게는 어떤 사연이 있을까? 그 사람은 어떤 사람일까? 우리는 어떤 죽음을 맞이하게 될까? 그저 주고 또 주기만 했지 결국 아무것도 돌려받지 못하는 바닥없는 우물 같은 존재가 될까? 만일 당신이 그런 우물로 살아왔다면 죽음의 문 앞에 이르러서도 마찬가지일 것이다. 길고 험난한 인생길을 걸어온 후, 그토록 잔인하게 혹사당하며 산 후, 뒤늦게 관계들을 개조하고 의미 있는 기억들을 되살리는 건 무척이나 힘든 일이다.

당신은 병원에서 의료진과 좋은 관계를 맺을 수도 있다. 많은 환자들이 의료진의 사랑을 받으며 죽는다. 평생 까다롭다는 평을 들어온 사람들이 병상에서 우리 완화의료 팀과 몹시도 아름다운 유대를 맺는 경우가 비일비재하다.

그럼에도 죽음을 앞두고 자신이 그동안 다른 사람들을 기쁘게 해주기 위한 결정들을 (정작 그 사람들은 요구한

적도 없고 심지어 그 결정에 불만을 갖고 있는데도) 내려왔음
을 깨닫게 된 이들은 후회로 인해 말로 형언할 수 없는 고
통을 겪는다. 그 고통은 아무리 모르핀을 많이 맞아도 여
간해서는 진정되지 않는다.

솔직한 감정들

내가 사랑의 아픔을 느끼는 곳은 겨드랑이 아래, 갈비뼈 사
이의 우묵한 곳.
사랑의 아픔은 그 비탈길을 따라 내려와 심장에 닿지.
나는 사랑을 재와 붉은 견과와 함께
곱게 갈지. 그걸 물에 적셔
습포제를 만들어
상처에 붙이지.

아델리아 프라두

○

브로니 웨어의 저서에서 논의되고 내가 날마다 완화의료
에 임하면서 목격하는 또 하나의 후회는 감정의 표현과
관련이 있다. 브로니는 특히 '사랑'에 대해 이야기하고 있
지만, 나는 '나쁜' 감정들까지 포함한 전반적인 감정들로
폭을 넓히고자 한다.

   우리는 성장하면서 감정 표현을 통제하도록 교육받
으며, 그런 목적을 위해 가면과 위장을 이용한다. 또한 다
른 사람들에게 받아들여지고 이해받기 위해 자신이 느끼
는 많은 감정들을 숨기는 법을 배운다. 우리는 감정을 숨
김으로써 자신을 보호할 수 있다고 믿는다. 우리는 다른
사람들과 더불어 살면서 많은 아픔을 느끼게 되며, 바로
그런 이유로 다음에 입게 될 상처로부터 자신을 보호할
수 있는 전략을 세운다. "이런 행동을 했다가 상처를 받았
어"와 "다시 그런 상처를 받아선 안 돼"라는 생각을 되풀
이하며 산다.

우리는 어리석게도 앞으로 만나게 될 모든 사람들이 과거에 우리에게 상처를 주었던 이의 복제 인간이라도 되는 양 행동한다. 우리는 모든 사람이 똑같다고 믿는 경향이 있다. 그리고 온 세상이 작정하고 자신을 해치려 한다고 생각하는 이들도 있다. 하지만 사실은 그렇지 않다. 심지어 우리의 적들도 우리를 해치는 데 삶을 바치지 않는다. 인간은 모두 행복하기를 원한다. 우리에게 심한 짓을 저지르는 사람들조차도 우리와 마찬가지로 성취감으로 가득한 행복한 삶을 원한다. 세상 사람들 모두가 행복을 원한다는 것은 내가 불교 철학에서 배운 내용들 중에서 가장 큰 해방감을 준 가르침이다. 최악의 인간들도, 최선의 인간들도 행복을 갈망한다. 나는 이 세상에서 나를 불행하게 만들기 위해 태어난 사람은 없음을 깨닫게 되었다.

우리는 자신을 드러내기 두렵거나 자신의 감정을 말하고 싶지 않을 때 가면을 쓴다. 삶을 살아가며 가면들을 수집하고, 자신의 스타일에 가장 잘 맞는 가면을 쓴다. 사람들에게 받아들여지고 싶으면 자상하고 착한 사람 가면을 쓴다. 늘 도움을 베풀 준비가 되어 있고 누구든 우리에

게 기댈 수 있다는 인상을 준다. 그러면 사람들에게 사랑
받는다.

　그러다 가면을 벗을 때가 되면 모두가 실체를 본다.
몸과 마음이 발가벗겨진다. 그저 남을 기쁘게 해주기 위
해 선함의 가면을 쓰고 살았다면, 삶이 끝나는 시점의 고
독을 마주하기 위해서는 진짜로 선한 사람이 되어야 함
을 알 때가 온다. 관계 속에서 진실은 어떤 형태로든 드러
나기 마련이다. 자신의 거짓됨을 스스로 깨닫지 못한다
고 해도 다른 사람이 결국 알게 된다. 그러면 우리는 고독
해진다. 병원에는 그런 사연을 가진 사람들이 많다. 평생
많은 이들을 도우며 살았지만 자신의 마지막 순간에는
홀로 남은 사람들. 하지만 그들이 남을 도운 단 한 가지 목
적은 안전함을 느끼기 위해서였을 것이다. 그들은 진실
한 관계를 쌓지 못했다.

　정서적 안전감에 대한 욕구는 블랙홀과도 같다. 블랙
홀에는 진실한 애정을 제외한 모든 것이 들어 있다. 당신
은 좋은 관계라는 가면을 쓰지만 결국 자신의 선택과 반
대의 것을 발견한다. 감정을 드러내지 않는 방어 전략은

후회로 이어지는데, 매우 강렬한 내적 체험을 하고 격렬한 감정들을 느끼면서도 그것들을 자기 안에만 가둬두기 때문이다. 당신의 마음속에서 일어나는 대대적인 화산 폭발을 다른 사람들과 공유하지 않는 건 그것들(자신의 기대나 생각, 자기 개발서, 강연 도중에 찾아온 계시)이 당신을 변화시킨다는 진실을 부인하는 것이며, 그런 만남은 다른 사람들과의 공유 없이는 도움이 되지 않는다.

인간의 내면 세계는 강력한 변화의 가능성을 제공하지 않는다. 그런 가능성은 다른 사람들과의 진정한 접촉에서 나온다. 내면의 닫힌 문, 당신의 중요한 비밀이 숨겨진 그 문을 열 수 있는 열쇠를 주는 건 다른 사람들이기 때문이다. 어쩌면 내가 당신의 마음을 열 열쇠를 갖고 있을 수도 있다. 당신이 나를 볼 때 정말이지 견딜 수 없는 인간이라는 생각밖에 들지 않는다면 나는 아마 당신의 분노의 방 열쇠를 갖고 있을 것이다. 그렇다면 당신은 나를 볼 때마다 화가 나기 때문에 나를 만나는 것이 즐겁지 않다. 반면에 당신 안의 사랑, 평온함, 기쁨의 문을 열어주는 사람들도 있다.

긍정과 부정을 비롯한 모든 감정들은 이미 당신 마음 속에 자리하고 있으며, 당신이 갖고 있지 않은 걸 다른 사람들이 줄 수는 없다. 우리는 많은 작가와 사상가 들에게 그런 말을 들어왔지만 우리 눈앞에서, 우리 가슴속에서 실제로 그런 일이 벌어질 때 놀라움을 금할 수 없다. 당신 스스로도 발견하지 못한 감정을 다른 사람, 당신 외부의 타인이 꺼내어 보여줄 수 있다. 타인이 그 열쇠를 갖고 있다.

나는 죽음을 마주한 환자들에게서 그 모습을 아주 분명하게 본다. 우리 모두가 죽음을 통한 인식의 기회를 지녔다. 내가 바른 문을 연다면 모두가 나와 같은 걸 발견하게 될 것이다. 변화를 가져다주는 건 감정의 표현이며, 만일 당신이 변화의 도구라면 당신의 삶은 충만해질 것이다.

그 감정이 좋은 것인지 나쁜 것인지는 중요하지 않다. 삶의 마지막 순간에 자신이 느끼는 감정에 대한 가치 평가를 내리고 "그건 좋은 감정이야" 혹은 "이런 감정을 느끼는 건 좋지 않아"라고 스스로에게 말하는 건 매우 위험할 수 있다. '어머니가 죽어버렸으면 좋겠다고 생각해도 될까?', '아버지에게 증오를 느껴도 될까?', '내가 너무도 사랑해야 마땅한 사람, 하지만 그가 죽었으면 좋겠어'와 같은 감정들은 자연스럽게, 걷잡을 수 없이 차오르며 우리는 생각의 힘으로 그것들이 좋은 건지 나쁜 건지, 스스로에게 허용해도 되는지 그렇지 않은지 의식적으로 결정하고 선택하려 한다.

많은 사람들이 좋은 감정을 보여주는 건 타당하고 유쾌하며 좋은 일이지만 나쁜 감정을 드러내는 건 타당하지도, 유쾌하지도, 좋지도 않다고 믿는다. 하지만 나쁜 감정의 표현이 진정한 변화를 불러오는 경우도 많다. 기쁨이라는 평탄한 길이 반드시 다른 사람들의 마음에 닿는 것도 아니다. 고통만이 유일한 길은 아니지만 변화를 가져다줄 힘을 지녔다는 건 의심의 여지가 없다.

휴먼 드라마들의 내용은 전부 비슷하다. "나는 여기 있는 거의 모든 사람들에게 화가 나지만 아무도 그걸 몰라"가 그런 내용들 가운데 하나다. "너한테 진짜로 분노하고 있지만 말을 하진 않을 거야"도 마찬가지다. "그것에 대해 말하고 싶지 않아. 난 못 해. 난 갈등에 잘 대처하지 못해"도 흔히 볼 수 있는 내용이다.

감정은 밖으로 내보이지 않으면 안에서 쌓인다. 감정
적 에너지는 증발하지 않으며, 특히 가까운 관계에서 생
기는 감정의 경우 더욱 그렇다. 나쁜 감정들을 처리하는
일종의 내적 재활용 과정에서 간과하기 쉬운 유독성 폐
기물이 생겨난다. 나쁜 감정들을 가장 효과적으로 처리
하는 방법은 솔직한 표현이다.

또한 적이 있다는 게 꼭 나쁘지만은 않다는 것도 알아
야 한다. 우리는 가끔 적을 통해 장애를 극복할 힘과 용기
를 얻는다. 당신의 친구들은 있는 그대로의 당신을 사랑
한다. 당신은 친구들에게 최선을 다하고 있다고 믿지만,
당신에게 최선을 요구하는 건 적들인 경우가 흔하다. 당
신은 더 행복해지고, 더 성공하고, 더 강해지고 싶어 한
다. 모든 걸 더 많이 갖고 싶어 한다. 적들과 함께 있으면
당신은 놀라운 힘을 발휘해야만 한다. 갈등 상황에 처하
면 힘든 감정들과 당신에게 해를 끼치는 사람들을 상대
해야 한다. 쉽지 않겠지만 이런 상황들이 당신에게 변화
의 원동력이 될 수 있다. 또한 잠재되어 있는 힘을 발견할
기회가 될 수 있다. 지금 나는 복수에 대해 이야기하는 것

이 아니다. 그보다 내적 힘을 통제하는 능력에 대해 이야기하는 것이다.

다루기 힘든 감정들을 내보일 때 당신은 링 반대편에 있는 사람에게 변화의 기회를 제공한다. 그런 행위가 아름다운 이유는 당신 자신에게도 변화의 기회가 열리기 때문이다. 아픔을 느끼면 그 안에 묻힌 영혼을 치유할 수 있다. 산 사람이야 시간이 지나면 상처가 아물어 흉터만 남지만, 벌어진 상처를 안고 생을 마감해야 하는 이들은 고통스러운 죽음을 맞이한다. 당신이 인생길의 끝에 이르러 최후의 벽을 마주하게 되었을 때, 어쩌면 먼저 떠난 가족에게 애정을 보이지 못한 걸 후회하게 될지도 모른다. 삶의 마지막에 이르면 당신이 솔직한 감정을 표현하지 못하고 놓친 기회들이 강렬한 존재감을 드러낸다. 하지만 당신의 애정을 보여줄 시간이 아직 남아 있다면, 그리하여 그렇게 한다면… 아, 그것은 너무도 아름다운 체험이 될 것이다!

자연의 시간 위에선 모두가 평등하다

만일 당신이 사랑으로 일하지 못하고
오직 일에 대한 염증만을 느낀다면,
차라리 일을 그만두고
사원 문 앞에 앉아
기쁨으로 일한 사람들의 적선을 받는 게 낫다.

칼릴 지브란

○

평생 일에만 매어 산 것도 죽음을 앞두고 후회로 남는다.

만일 당신이 하는 일이 세상을 더 낫게 만들 수 있다면, 조금이나마 세상을 이롭게 하고 소수의 사람들에게나마 도움이 될 수 있다면, 당신이 진실로 변화를 만드는 힘을 갖고 그 일에 헌신하여 성취감을 얻을 수 있다면, 당신이 선택한 길은 아무리 힘들고 고되도 의미를 지닐 것이다.

사람들은 인생을 성취의 집합체로 생각한다. 그들에게 삶은 소유를 의미한다. 소유하고 축적하기 위해 미친 듯 일하며, 물질적인 것들만 모으는 게 아니라 상처와 위기까지 모은다. 그리하여 문제들을 포함한 많은 것들을 소유한다. 그러나 일터에서 살아남기 위해 가면을 써야 한다면 후회가 따른다. 일터에서의 당신과 사생활에서의 당신이 다른 사람이라면, 당신은 곤경에 처한 것이다. 일터에 있는 자신을 보면 너무도 낯설어 다른 사람처럼 느껴지지만 당신은 이런 식으로 정당화한다. "저기서 일하고 있는 사람은 나와 다른 존재야." 지금 이런 생각을 하고 있다면 당신은 그곳에서 재킷과 양복, 넥타이, 구두 차림으로 존재하지 않고 아주 먼 곳에 있다.

신발을 신어야만 자신이 되는 법을 알 수 있다면, 때를 놓쳐 자신의 발바닥과 신발 바닥을 구분할 수 없게 되기 전에 맨발로 땅을 밟아야 한다.

불행하게 일하는 사람들 중에는 양복에 넥타이를 매거나 우아한 원피스를 입거나 회사 유니폼, 혹은 의사 가운을 걸친 이들만 있는 게 아니다. 예술 활동을 하거나 재미로 가득한 세계에서 일하는 사람들 역시 끔찍이 불행할 수 있다. 우리는 다른 사람들의 직업에 대해 평가를 내리지만, 짐의 무게는 짐을 진 이가 가장 잘 아는 법이다. 다른 사람들의 삶이 자신의 삶보다 낫다고 생각하는 이들이 있는데, 다 옳은 건 아니다. 만일 일이 당신을 본질에서 멀어지게 한다면, 일하면서 시간을 낭비하고 있다고 느낄 것이다. 일보다 본질이 더 중요하다고 믿는다면 특히 더 그럴 것이다.

　　직업으로 자신을 규정하고 싶어 하고 오직 일을 하고 있을 때만 자신을 가치 있는 존재로 보는 건 위험한 태도이다. 그런 사람들은 직업적으로 놀라운 성취를 이룰지 몰라도 개인적인 삶은 피폐하다. 그들에게 은퇴는 죽음과도 같다. 개인적인 삶에서보다 일터에서 자신의 역할을 훨씬 더 유연하게 해낸다.

　　이런 사례는 의료계에서 흔히 볼 수 있다. 의료계에서 일하기 때문에 사생활은 극히 불행한 사람들이 적지 않다. "남들이 너희에게 해주기를 바라는 대로 너희도 남들에게 해주라"라는 보편적 권고를 준수하지만 돌봄이라는 행위, 도움을 주고 쓸모 있는 존재가 되는 것은 종종 사람을 지치게 한다. 그들은 자신에게는 해줄 수 없는 것들을 남에게 해주는데, 참으로 딱한 노릇이다.

　　의료계에 있으면 끊임없이 듣는 말이 있다. "내가 일하는 곳에는 자식을 잃는 어머니가 있어. 그런데 어떻게 내 삶을 한탄할 수 있겠어? 그 어머니가 나보다 훨씬 힘들 텐데." 스스로를 구세주나 돌보는 자로 규정한 의료인들은 (설령 자원봉사자로 일하고 있다고 해도) 오직 베풀기만 한다. 그들은 다른 사람들과 진정한 만남을 갖지 않는다. 아니, 진정한 관계를 맺지 못한다. 그들은 환자의 삶 속에 존재하지만 요정 할머니의 가면을 쓰고 오직 주기만 할 뿐 절대로 받으려 하지 않는다. 그래서 결국 자신이 돌보고 있는 사람과 진정한 관계를 맺을 기회를 갖지 못하며, 하루 일과가 끝나면 녹초가 되어버린다.

　의료인이 일하면서 진정 자기 자신으로 존재하고, 환자와 더불어 열린 자세로 배우고 변화한다면 하루 일과가 끝난 후 새로워진 스스로를 발견할 것이다. 나는 아침 6시에 집을 나서서 밤 11시가 다 되어서야 귀가하는 날이 허다하지만, 늘 에너지가 넘치고 온전한 상태를 유지한다. 물론 상파울루에서 출퇴근을 하는 사람들이 누구나 그렇듯 육체적으로는 피곤하지만 (교통 체증에다 폭력에 대한 공포로 긴장을 늦출 수 없으니까) 환자들을 돌보고, 일하고, 다른 사람들을 위해 무언가를 하고, 늘 열린 자세로 기꺼이 변화를 받아들이고자 하는 태도 덕분에 힘들고 지친 적은 없다. 사적인 문제가 우선권을 갖는 날에는 나 자신이 먼저 징후를 읽고 일정을 중단한다. 다른 사람

들을 위해 존재할 수 없을 때, 나 자신과의 교감이 필요하
다는 판단이 설 때는 그 판단에 따른다. 심리치료도 받고,
명상도 하고, 예술과 시에 기대기도 한다. 그런 활동들을
통해 본연의 나와 연결되면 내가 없어도 세상은 잘 굴러
간다는 걸 깨닫게 된다. 돌봄을 제공하는 사람들이 자기
가 있어야만 일이 제대로 돌아간다고 생각하는 건 고난
을 자초하는 태도이다.

　일은 죽음이라는 위기 상황 전체를 관통하는 이슈이
다. 왜 그럴까? 당신은 얼마나 많은 시간을 일에 바치는
가? 대부분의 사람들이 적어도 여덟 시간은 일하는데, 이
는 하루 전체 시간의 3분의 1에 해당한다. 게다가 업무 수
행 능력을 키우기 위한 활동에 들이는 시간도 있다. 우리
는 집중력을 키우기 위해 명상을 하고, 건강을 위해 운동
을 한다. 이 모든 활동이 일을 더 많이 하기 위해 이루어
진다. 그게 옳은 길일지라도, 그릇된 이유로 그 길을 걸어
가게 될 수 있다.

　행복한 삶을 살기 위해 스스로를 돌보는 것과 일을 더
잘하기 위해 자기 관리를 하는 건 다르다. 만일 당신이 마

사지를 받기로 했는데 마사지가 좋아서가 아니라, 다음 날 일에 지장이 없도록 허리 통증을 없애기 위해서라면 그릇된 이유일 수도 있다. 일을 위해 사는 사람들은 대개 후회에 이르게 되며, 인류에게 암적 존재인 두려움이 일의 원동력인 경우 특히 더 그러하다. 돈이 없다는 두려움, 자녀가 좋은 학교에 못 갈지도 모른다는 두려움, 살 집이 없다는 두려움을 가진 사람들은 일해야 한다는 낡은 핑계 뒤에 숨는다. 그들은 실제로 도움을 청한 적도 없는 사람을 돕고 있다고 믿으며 꿋꿋하게 일한다. 그러다 마침내 인생길이 끝나고 죽음의 벽이 솟아오르면 어떻게 될까?

나는 그 벽에 달린 거울 속 자신의 눈을 똑바로 들여다보며 스스로에게 이런 질문을 던지는 모습을 상상한다. "그래, 넌 어떻게 여기까지 왔지?" 나는 내가 택한 길에 대해 스스로에게 설명해야 할 것이다. 내 아들이나 부모님, 친구들에게 설명할 필요는 없다. 직장에서 나를 골탕 먹이려 한 동료나 상사에게도 설명할 필요가 없다. 결국 나는 홀로, 중개자 없이 죽음 앞에 선 자신과 마주해야 한다. 내 죽음을 이해해야 한다. 그건 내 죽음이니까. 그 벽은 내 죽음이지 내 아들이나 남편, 아버지, 어머니, 직장 상사의 죽음이 아니다. 내 인생길은 오직 나의 것이다.

일에서도 같은 논리가 적용된다. 이 논리는 당신이 병에 걸리거나 마침내 죽음과 마주하게 되기 전에 삶을 바꿀 수 있다. 삶을 바꾸는 데는 오랜 시간이 걸리지 않는다. 물론, 일이라는 이슈는 돈과 관련이 있다. 당신이 일을 통해 많은 걸 얻는다면 일에 그만큼 많은 걸 쏟아부었다는 의미가 될 수 있다.

몇 년 전에 간호사로 일하는 친구가 큰 병원의 중요한 직책에 올랐다. 내가 그녀에게 해줄 수 있었던 말은 이것뿐이었다. "앞으로 네가 맞이하게 될 삶을 잘 들여다봐." 그녀가 선하고 마음이 깨끗한 사람임을 알았기에 나는 그녀가 안쓰러웠다. 결국 통장 잔고는 올라가겠지만, 그녀에게 예정된 삶이 더 많은 슬픔과 문제를 가져다줄 것을 예감했기 때문이다. 그녀는 오른 봉급을 병원비나 약값에 다 쓸 수도 있었다. 불행히도 그녀는 2년 후 암에 걸려 화학치료를 받게 되었다.

일에서 얻는 에너지도 삶에서 의미를 지니지 못한다
면 나쁜 에너지가 된다. 당신은 돈을 더 벌어서 금세 상
하는 음식을 사고, 툭하면 고장 나는 차를 사고, 다닐 시
간도 없는 헬스클럽 회원권을 끊고, 입지도 않을 옷을 사
고, 오래 기억에 남지도 않는 강좌를 듣는다. 삶을 들여다
보면 더 나은 삶에 도움이 되지 않는 물건들을 사느라 인
생을 낭비하고 있음을 깨닫게 될 것이며, 그 물건들을 살
돈이 나오는 곳에도 문제가 있을 수 있다. 아무리 돈을 잘
벌어도 좀비 같은 모습으로 차를 몰고 집에 돌아온다면
뭔가 잘못된 것이다.

최선의 결정

친구란 무엇인가? 또 다른 자신이다.

엘레아의 제논

○

브로니 웨어가 이야기한 네 번째 후회는 친구들과 더 많은 시간을 보내지 못한 것이다.

페이스북이 등장한 후로 우리는 친구들과 직접 만나지 않아도 함께하는 기분을 느낄 수 있다.

나도 페이스북을 보며 친구들과 가까이 있다고 느낀다. 페이스북을 하나의 유용한 도구로 삼아 소중한 사람들과 멀리서나마 삶을 공유하는 데 적극적으로 활용한다. 바쁘게 살아가다 보면 사랑하는 사람들과 물리적으로 가까이 지내기 어렵다. 나는 그들의 아이들이 자라는 모습과 중요한 행사가 담긴 사진들을 보기도 하고, 좋아하는 음악이나 시를 공유하기도 하면서 평행 우주의 일부가 된 기분을 느낀다. 마음속으로 어느 정도는 그들과 진정한 만남을 갖는다.

나는 친구들이 꼭 필요하다고 생각한다. 우리는 친구들과 정직하고 투명한 관계를 맺을 수 있으며, 그런 관계는 가족 간에도 불가능할 수 있다. 친구들에게는 "네가 한 행동이 마음에 들지 않았어"라고 말할 수 있고, 그렇게 말해도 괜찮다. 친구들은 그런 비판을 기꺼이 받아들일 테니까. 누구나 친구 사이에서는 자신의 선택과 감정이 존중받기를 원하고, 실제로 존중받는다. 가족이라고 해서 모두 세상에서 가장 기분 좋은 사람들, 꼭 함께 살고 싶은 사람들은 아니다. 가족들과 크리스마스를 함께 보내고 싶어 하는 이들의 수는 손가락으로 꼽을 수 있을 정도로 적다. 많은 이들이 아무런 즐거움도, 기쁨도 없이 그저 의무적으로 가족들과 크리스마스를 보낸다.

　불행히도 병에 걸리면 시간이 남아돈다. 당신은 비록 병마에 시달리고 있어도 당신의 진가를 알아주는 친구들과 함께 시간을 보내고 싶어 한다. 당신은 친구들의 눈을 통해 자신을 보고 싶어 하는데, 그들의 시선 속에서 자신이 살아온 삶을 다시 만나고, 이 세상에서 자신이 얼마나 중요한 존재인지 확인할 수 있기 때문이다. 친구들과 어울리면 그저 즐겁고 마음이 가벼워진다. 죽음이 가까워지면 친구들에게 더 많은 시간을 할애하지 않은 것에 대한 후회가 강하게 밀려든다.

평생 자유 시간을 가졌다고 생각하지만 안타깝게도 사실은 그렇지 않다.

삶의 종말을 앞두고 하는 후회 중에는 순전히 시간 낭비인 것도 있다. 후회해봐야 고통스럽기만 할 뿐 아무 의미가 없는 것들이다. 그릇된 길인 줄 모르고 선택했다가 나중에 진실을 깨닫고 후회하는 경우도 많다. 그건 마치 복권을 사고 "나는 숫자 44를 선택했는데 45가 됐어. 도대체 무슨 생각으로 45를 선택하지 않은 걸까?"라고 말하는 것과 같다. 간단히 설명하면 당신은 44가 당첨될 거라는 생각으로 45를 선택하지 않은 것이다! 이제야 알게 된 사실을 바탕으로 자신의 과거 행동을 탓하는 건 적절하지 않다. "그렇게 말고 이렇게 했어야 했는데" 혹은 "그렇게 말고 이렇게 할 수 있었는데" 따위의 후회가 밀려들기 시작한다면 거울을 보면서 이렇게 말하라. "그런 식으로 자책하지 마. 그때 그 상황에 맞는 결정을 내렸던 거야." 당신은 이런 말을 할 수도 있다. "이럴 줄 알았더라면 그렇게 하지 않았을 텐데." 하지만 당신은 그때 그걸 몰랐다. 알 수가 없었다.

　참된 마음으로 결정을 내리고, 생각을 하고, 감정을 느끼고, 목소리를 내고, 태도를 보인다면 많은 후회들을 방지할 수 있겠지만 당신이 과거에 내린 결정은 그 당시에 최선이라고 생각한 것이었다.

행복을 위한 조언

우리를 불행하게 만들 수 있는 사람은 그 누구도 아닌 우리 자신뿐이다.

성 요한네스 크리소스토무스

○

마지막 다섯 번째 후회는 나머지 네 가지 후회들이 요약된, 더 행복한 사람이 될 수도 있었는데 그러지 못했다는 반성이다. 행복의 상태에 대해 이야기할 때 많은 사람들이 그저 기쁨과 즐거움을 떠올리지만, 완전한 행복은 커다란 고난을 극복하고 난 후에 얻어지는 경우가 많다. 삶에서 중요한 의미를 갖는 긴박한 시간들을 피와 땀, 눈물로 견뎌낸 후 상처투성이일지언정 참된 자신을 잃지 않고 더욱 강하고 훌륭한 모습으로 우뚝 선다면 우리는 완전한 행복에 이를 수 있을 것이다.

죽어가는 사람을 돕는 행위가 스스로를 더 행복한 사람으로 만들 수도 있다. 죽어가는 사람을 도울 때는 그를 온전한 한 인간으로 내하고 자신을 그와 동등하게 보아야 한다. 우리 역시 죽음을 맞이하게 될 테니까. 죽어가는 사람을 도울 때, 그를 위해 거기에 있어줄 때, 우리는 그의 곁을 지켜야지 그의 안에 있어선 안 된다. 다시 말해,

타인의 고통으로 들어가지 말고 오로지 자신의 고통 안에만 머물러야 한다. 그래야 죽어가는 사람을 위해 자신의 능력을 십분 발휘할 수 있다. 내 말이 잔인하게 들리겠지만 그게 진실이다. 당신이 사회복지사이든, 간호사이든, 의사이든, 환자의 아들 혹은 배우자이든 당신은 환자가 되기 위해 그를 돌보는 것이 아니며, 그를 통해 당신의 선택에 의미를 부여하는 것이다. 관계, 진정한 만남이라는 신성한 공간에 존재하기 위해선 연민을 지녀야만 한다.

나중에 후회하지 않으려면 어떻게 해야 할까? 후회에 이르는 길은 누구나 알지만 후회가 남지 않을 길은 어떻게 찾을까? 거기에 무슨 공식이나 단계별 접근법 같은 것이 존재한다고 생각하진 않지만, 내게 변화를 가져다준 책이 한 권 있다. 돈 미겔 루이스가 쓴 《네 가지 약속》이다.

돈 미겔 루이스는 첫 번째 약속으로 말을 조심하자고 제안한다. 말은 어떤 의학적 치료, 어떤 수술이나 약보다 변화와 파괴의 힘이 크다. 특히 목소리를 통해 밖으로 나오면 위력이 더 어마어마해진다. 우리가 자신의 믿음에 목소리를 부여할 때 그 말은 우리를 나타낸다. 반드시 좋은 말만 해야 하는 건 아니다. 가끔은 이렇게 말해야만 할 때도 있다. "당신이 한 일은 옳지 않아요!" 우리가 이 말을 어떻게 하느냐에 따라 비판을 받는 사람은 수긍할 수도 있고 마음 깊이 분노할 수도 있다. 흠잡을 데 없는 말을 찾을 수 없다면 침묵하는 것이 낫다. 침묵도 말처럼 큰 힘을 지녔다. 나는 심하게 화가 날 때는 입을 다무는 편이며, 누군가 "아무 말도 안 할 거예요?"라고 물으면 조심스럽게 "지금은 좋은 말을 할 수가 없네요"라고 대답한다. 이때 침묵을 이길 수 있는 것은 없다. 이 침묵에는 해서는 안 될 말, 아무도 하고 싶어 하지 않는 말이 가득하다. 이럴 때 침묵은 가장 적절한 소화기 역할을 한다. 산불을 끄려면 물이 필요하고, 전기로 인한 화재는 포말 소화기로 진압해야 하며, 말로 인한 화재에는 침묵이 요구된다.

두 빈째 약속은 속단하지 말자는 것이다. 만약 우리가 길에서 마주쳤는데 인사를 하지 않으면 당신은 이렇게 생각할지도 모른다. "지난번에 만났을 때 저 사람한테 해서는 안 될 말을 했나?" 최악의 말싸움은 "내가 보기엔 네

가…" 혹은 "내 생각에는 네가…" 같은 말들로 시작된다. 미리 내려진 결론은 당신을 에워싸고 질식시킬 뿐만 아니라 다른 사람의 의견을 배제시킨다. 또한 혼자 머릿속으로 소설을 쓰고 주위 사람들을 멋대로 등장시킨다. 만약 길에서 마주쳤는데 내가 인사를 안 했다면, "아나, 어제는 왜 인사도 없이 지나쳤어요?"라고 묻는 것으로 간단히 해결된다. 이때 나는 머릿속으로 이상한 소설을 쓰고 있는 상대방이 전혀 예상하지 못했던 대답을 할 것이다. "어머, 미안해요. 지각해서 정신이 없었어요… 당신을 못 봤어요!" 모든 게 당신의 상상보다 훨씬 단순할 수 있다.

세 번째 약속은 모든 걸 자기중심적으로 받아들이지 말자는 제안이다. 이건 매우 어려운 일이다. 자존감이 부족한 이들은 다른 사람들이 자신에 대해 끔찍한 생각을 품고 있다고 믿는다. 사실 다른 사람들은 각자 그들의 삶을 살고 있을 뿐인데, 자존감이 낮은 이들은 늘 상대가 자신을 경멸한다고 상상한다. 낮은 자존감은 왜곡된 형태의 자기중심주의일 수도 있다. 당신은 다른 사람들이 늘 당신의 부족함에 대해 생각하며 살 정도로 특별한 존재가 아니다. 세상은 당신을 중심으로 돌지도, 당신에게 등을 돌리지도 않는다. 사람들의 칭찬 역시 자기중심적으로 받아들여서는 안 된다. 누군가 당신을 중요하고 흥미로운 존재라고 생각한다고 해도 그건 당신 자신과는 무관한 일일 수 있다. 그저 당신이 그 사람 안의 행복의 문을 여는 열쇠를 쥐고 있었던 건지도 모른다. 이 역시 간단한 문제이다. 혼자 속단하고 좋은 일이든 나쁜 일이든 매사를 자기중심적으로 받아들이면 그릇된 결정을 내리기 쉽고, 그 길의 끝에는 후회가 기다리고 있다.

늘 최선을 다하자는 제안이 네 번째 약속이다. 가끔 당신의 최선은 까다롭게 굴거나, 집에 틀어박히거나, 화를 내는 것일 수 있다. 나는 유난히 힘든 하루를 보낸 날이면 집에 가서 "오늘 너무 힘들었어"라고 말한다. 그러면 신기하게도 설거지가 되어 있고, 커피나 차가 준비되어 있고, 좋아하는 음악이 흘러나온다. 가족들이 내게 미소와 친절을 보낸다. 자신이 어떤 감정 상태인지를 깨닫고 다른 사람들에게 미리 알려주면 마법과도 같은 효과가 나타난다.

　　몇 년 전 나는 재택치료 팀을 운영하게 되었다. 팀원들에게 한 가지 새로운 제안을 했는데, 출근하면 자신의 기분을 나타내는 배지를 선택하는 것이었다. 선택한 배지는 각자 아이디 카드에 부착하거나 내부 게시판의 자기 이름 위에 두도록 했다. 배지는 초록, 노랑, 빨강 세 가지 색으로 나누어졌다. 초록은 만사 오케이, 노랑은 보통, 빨강은 저조한 기분을 나타냈다.

　　나는 못 말릴 정도로 유쾌한 사람이지만 그런 나도 컨디션이 매우 안 좋은 날이 있다. 그런 날 빨강 배지를 고르면, 그 단순한 표현으로 평소와는 다른 하루를 보낼 수 있었다. 누군가 내 책상을 지나치며 조심스런 미소와 함께 이렇게 말하는 것이다. "오늘 당신과 의논할 일이 있는데 아무래도 내일로 미루는 게 좋겠네요." 다정한 쪽지, 커피나 차 한 잔, 희미한 미소, 멀리서 손을 흔들어 보내는 응원을 받는다. 그건 하나의 마법이었다. 그러다 보면 그날 안에 배지 색깔을 바꿀 수 있었다. 나쁘게 시작된 하루라고 해서 반드시 나쁘게 끝나야 하는 법은 없다. 실제로 하루 종일 빨강 배지를 달고 다니는 경우는 드물었다.

배지를 선택한다는 건 스스로가 자신의 상태를 인정한다는 의미이다. 최선을 다한다는 것은 자신이 어떤 상태인지를 먼저 살핀다는 뜻이다. 상태가 좋지 못하다면 문을 닫아걸고 지금은 괜찮지 못하다는 표지판을 내거는 것이 최선이다.

무슨 일이든 최선을 다하려는 노력은 삶을 (그리고 그 마지막을) 향상시킨다. 오늘 당신은 다른 길을 택할 수도 있었는데 그러지 못했다고 생각할 수도 있다. 하지만 매 순간 당신은 최선을 다했다.

어쩌면 삶을 잘 사는 가장 쉬운 방법은 일상 속에서 다음의 다섯 가지를 지키는 것일지도 모른다. 감정을 표현하기, 친구들과 함께하기, 자신을 행복하게 만들어주기, 스스로 선택하기, 일하는 동안만이 아니라 삶 전체에서 의미를 지니는 일 하기. 그러면 어떤 후회도 남지 않을 것이다.

이제 나는 떠나야 하네! 나의 형제들이여, 작별 인사를 해주게!

나 그대들 모두에게 절하고 길을 떠나네.

내 문의 열쇠를 돌려주겠네—내 집에 관한 모든 권리를 포기하겠네.

내가 그대들에게 청하는 건 따뜻한 작별의 말뿐.

우리는 오랜 세월 이웃으로 살아왔으나 나는 준 것보다 받은 게 많네. 이제 동이 트고 나의 어두운 자리를 밝히던 등불이 꺼졌네.

나는 부름을 받았고 여행을 떠날 준비가 되었네.

라빈드라나트 타고르

무엇을 지키고 무엇을 잃을 것인가

모두가 있는 그대로 존재해야만 한다.

클라리시 리스펙토르

○

사람들은 무언가를 얻는 법을 배우는 데 공을 들인다. 다른 사람들을 자기편으로 만들고 물건이나 혜택, 이득을 얻어내는 법을 배우기 위해 수많은 강좌를 듣고, 책을 보고, 기술을 익힌다. 이렇듯 무언가를 얻는 기술에 대한 가르침들은 무수히 많지만 잃는 기술은 어떨까? 잃는 것에 대해서는 아무도 이야기하고 싶어 하지 않지만 우리는 사람이나 물건, 지위, 꿈을 잃고 고통에 시달릴 때가 많다. 무수한 이유로 꿈을 꾸지만, 꿈을 잃었을 때 분별력을 잃어선 안 된다. 당신은 일생의 사랑을 얻는 법, 평생 직업을 얻는 법 등 얻는 법에 대한 지침을 얻기 위해 애쓴다. 하지만 '잘 잃는 법' 혹은 '더 잘 잃는 법' 같은 강좌에 등록하는 사람은 찾아보기 힘들다.

삶에서 얻어낸 것들을 온전히 누리며 살기 위해서는 잃는 법을 알아야 한다.

모든 존재적 상실, 그것이 하나의 관계든, 직업이든,

확신이든 모든 상징적 죽음에는 최소한 다음 세 가지가 수반되어야 한다. 첫째, 자신과 타인에 대한 용서가 필요하다. 둘째, 그 상황에서 발생하는 좋은 점도 간과해선 안 된다. 셋째, 이제 끝나버린 그 시간에 당신이 의미 있는 영향을 미쳤다는(이제 당신의 삶에서 사라진 그 사람에게, 혹은 그 상황에 변화를 일으켰다는) 확신을 가져야 한다.

상실의 수용은 계속되는 삶에서 필수적인 기능을 한다. 마무리가 확실하지 않거나 아직 끝났다는 확신이 없으면 다른 계획, 다른 관계, 다른 일에 착수하기가 어렵다. "이렇게 했어야 했는데", "이렇게 할 수도 있었는데"의 늪에 빠진다. "이렇게 했다면 어땠을까?"에 걸려 좌초한다. 그것은 마치 인생의 날숨과 들숨 사이에 정지해 있는 것과 같다. 폐에서 공기가 나갔는데 숨을 참다 보니 새 공기가 들어오지 못하는 것이다.

'공백기'는 사람들이 가장 두려워하고 피하는 기간이다. 하나의 관계가 끝났는데 그 관계가 끝났음을 받아들이지 못하면 공백기에 빠진다. 감정적 좀비가 되어버린다. 관계가 죽었는데 살리려 애쓰는 것이다. 당신의 마음

속에서 많은 관계들이 썩어가며 다른 관계들을 오염시킨
다. 상실을 극복하는 건 힘든 일이지만, 감정적 부패의 악
취를 마시는 것보다는 훨씬 쉽다.

　이런 상징적 상실은 진짜 죽음보다 더 다루기 어려울
수도 있는 죽음이다. 진짜 죽음에는 이론의 여지가 없지
만, 관계의 죽음이나 직업의 죽음, 확신의 죽음 같은 상징
적 죽음은 실제 죽음이 아닌 듯한 인상을 줄 때가 있다.
우리는 그것들이 완전히 죽지 않았고 왠지 그 관계, 그 직
업, 그 확신이 되살아날 것만 같은 망상에 빠진다. 관계든
직업이든 죽음이 다가오고 있음을 깨닫는 순간 당신은
하나의 벽을 마주하게 된다. 당신은 벽을 뛰어넘을 수도,
돌아갈 수도 없다. 그저 벽을 바라보며 죽음을 인정해야
만 한다.

　당신은 다음 세 가지 조건들 가운데 하나를 만족시켜
야만 겨우 다음 단계로 나아갈 수 있다. 용서할 것, 자취
를 남길 것, 그 체험을 지니고 살면서 교훈을 얻을 것. 나
는 이것이 애도의 과정과 다르지 않다고 본다. 우선 후회
할 것이 있는지, 자신이 그 죽음의 원인이 되진 않았는지

(이를테면 하지 말았어야 할 말을 했거나, 했어야 하는 말을 하지 않았거나 하는 식으로) 스스로에게 물어본다. 그렇다는 대답이 나온다면, 그 죽음이 자신의 탓이라는 책임감을 느끼게 된다. 그러면 후회가 따른다.

두 번째 문제는 당신이 잊힐 것인지의 여부이다. 특히 전 배우자가 이 경우에 해당된다. 어떤 이들은 영원히 잊히지 않기 위해 갖은 노력을 다하지만 결국 깊은 증오와 복수의 흔적만을 남기기도 한다. 상대에게 해를 끼쳐서가 아니라 선을 베풀어 영원히 기억에 남을 수 있다면 스스로 자유로워질 것이다.

세 번째 조건의 충족은 불멸의 체험을 제공할 수도 있다. 당신은 앞으로 나아가지만, 인생에서 떠나간 사람과 함께했던 시간과 환경에 당신의 본질, 당신의 이야기를 남기게 되는 것이니까.

일을 그만두는 것에 대해 생각해보자. 이런 종류의 죽음은 누가 결정을 내렸느냐에 따라 좋은 것이 될 수도 있다. 당신 스스로 그만두는 것이라면 끝맺음이 한결 쉽다. 벽을 마주하게 된 당신은 하나의 단계가 끝났음을 깨달

고 즉시 새로운 지평을 살핀다. 안식년, 새로운 분야의
일, 더 보수가 많거나 권력이 높은 새 자리. 그 일은 계획
에 따라 죽을 것이며, 모든 것이 당신의 통제하에 있을 것
이다. 하지만 해고가 된 것이라면 큰 상처를 입게 될 것이
고 원치 않는 죽음을 견뎌낼 방도를 모색해야 한다.

　자신의 배꼽을 들여다보며 그것이 세상의 중심이 아
님을 깨달을 때 더 큰 고통이 찾아온다. 인생을 살면서 만
나는 이런 상징적 죽음을 가장 잘 극복하는 법은 그 안에
온전히 존재하는 것이다. 만일 당신이 누군가를 원 없이
사랑한다면 그 사랑은 갈 길을 갈 수 있다. 관계가 주는
모든 걸 후회 없이 누렸다면 당신은 자유롭다. 당신을 붙
잡는 것 혹은 마무리되지 않은 일이 없기 때문이다. 체험
에 온전히 자신을 바치면 놓아줌이 가능하다. 관계나 직
업, 상황 안으로 들어가서 최선을 다한다면 당신은 그 만
남에 몰입하여 변화할 것이고, 언젠가는 만남을 끝낼 때
가 오면 달라진 자신을 발견하게 될 것이다. 만남을 통해
배운 걸 지니고 계속 나아가면 된다. 또 다른 관계, 직업,
꿈으로 들어가는 것이다.

상황을 통제하려는 시도는 온전한 참여에 방해가 된다. 온전하게 참여하지 못하면 당신은 변화할 수 없으며, 영원하기를 바라는 마음으로 현재에 충실하지 못했던 관계에 묶여버린다. 사실 영원한 관계란 존재하지 않는다. 직업에서 영원을 추구한다면 현재의 행복을 누릴 수 없다. 일에서 영원을 추구한다면 훌륭한 유산을 남길 가능성을 가질 수 없다. 무언가가 영원하기를 바라는 마음은 미래의 행복을 위해 현재의 행복을 빼앗길 위험을 감수하는 것이다.

미래에 사는 당신은 늘 미래만을 생각한다. 회사가 당신 것이 된다면 모든 게 달라지리라 여긴다. 지금 당신에게 아무런 행복도 주지 않는 사람을 사랑하면서 그와 결혼하면 모든 게 달라지리라 기대한다. 자녀가 생기면 달라질 거라고 믿는다. 늘 미래에는 달라질 거라는 생각으로 현재를 충실히 살지 못한다. 그러다 죽음이 끼어들어 당신의 현재와 미래 모두에 종지부를 찍는다.

과거는 그릇된 선택들로 낭비한 시간에 대한 후회로 죽는다. 이런 이유로 오직 미래의 행복만을 추구하는 삶

에서 벗어난다면 일상의 죽음에 잘 대처할 수 있다. 직장
에서 해고를 당하면 그동안 직장에서 일하며 보낸 시간
들이 가치가 있었는지 생각해보게 될 것이다. 만일 당신
이 과거를 돌아보며, "맙소사, 엉망진창이군! 난 정말 고
통스러웠어! 결혼, 일⋯ 그 모든 것들을 위해 세월을 바쳤
는데! 인정도 못 받았어! 내가 자신에게 한 짓을 봐! 그러
지 말았어야 했는데, 그러지 말았어야 했는데, 그러지 말
았어야 했는데!"라고 말한다면 그 세월을, 인생을 낭비
한 것이다. 결국 남는 건 마지막 인상이지 첫인상이 아니
다. 당신은 평생 만나본 사람들 중 가장 경이로운 이에게
반해 결혼에 이르지만, 어느 순간부터 배우자에게 실망
한다. 당신이 알던 그 사람이 아니라 괴물로 변한 것이다.
결국 남는 것은 그의 마지막 인상이다.

　세상에서 가장 경이로운 존재였던 배우자가 괴물로
변한 그 기간에 도대체 무슨 일이 일어난 것일까? 아니
면 모든 게 성급한 결론을 내리고 매사를 자기중심적으
로 받아들인 결과일까? 당신은 늘 말을 조심했는가 아니
면 천사의 마음에서 악마를 끌어낼 만한 언어를 사용했

는가? 진정으로 최선을 다하고 비록 배우자가 당신의 기대에 미치지 못해도 그 사람의 장점을 받아들이려는 노력을 기울였는가? 관계는 어떻게 변했는가? 체험이 끝난 후 당신은 어떤 사람이 되었는가? 이것이 내가 이야기하는 유산이다. 만일 배우자와 함께 보낸 시간을 모두 지워버리는 것으로 부부 관계를 끝낸다면 당신은 삶의 일부를 파괴하는 방법을 택한 것이다. 이것이 상징적 죽음을 체험할 때 안게 되는 진짜 딜레마이다.

　　상실의 체험 혹은 실제로 상실이 발생하지 않더라도 그것의 예상이 덜 고통스러우려면, 관계가 진행 중일 때 그 관계에 충실해야 한다. 스스로 변화하고, 가능하다면 상대방도 변화시킬 수 있어야만 한다. 바로 그런 이유로 관계를 시작하기 전에 신중하게 생각해보는 것이 아주 중요하다. 과거 경험을 제외하면 관계든, 직업이든, 선택이든 확정적인 것은 없기 때문이다. 아무것도 정해진 것은 없으며 모든 것은 결국 끝이 난다. 잘 끝날지 나쁘게 끝날지는 당신의 태도에 달려 있다. 단, 나쁘게 끝난다면 새로 시작하기가 힘들어진다.

잃는 법을 배우려면 우선 잃었다는 사실 자체를 받아들여야 한다. 끝난 건 끝난 것이며, 영원한 연장은 없다. 끝을 인정하고 받아들이는 것, 그것이 우리가 살아가면서 키워야 할 능력이다. 진실을 직시하는 법을 배워야 한다. 새로운 시작을 보는 법을 배우라는 것이 아니라 진실을 분노하지 않고 아름답게 보는 법을 배우라는 것이다. 당신을 배반한 사람, 당신에게 수치심을 안겨준 상사, 삶을 더 힘들게 만드는 직업을 사랑하려면 우선 자신에게 연민을 가져야 한다. 그런 태도를 취하고, 그런 선택을 하고, 그런 유해한 사람과 짝을 맺기로 결심했을 때 당신은 거기까지밖에 볼 수 없는 눈을 갖고 있었음을 이해해야 한다.

그러니 당신에게 해를 입힌 사람을 미워하기보다는 그런 사람을 겪어내야만 했던 자신에게 연민을 가져야 한다. 정서적 불구자로 남고 싶어 하는 사람은 없다. 그 체험은 어떤 방식으로든 당신을 더 낫고, 더 행복하고, 덜 원통하고, 새로운 관계를 더 잘 맺을 수 있는 사람으로 만들어줄 것이다.

　진짜 죽음을 받아들이지 못할 때 애도의 과정이 복잡하고 힘들어지는 것처럼, 삶 속의 일상적인 죽음을 받아들이지 못하면 무능력자가 된다. 지난 체험의 결과와 함께 자신까지도 지워버렸기에 새로운 관계를 맺거나 새 직장을 구하거나 새 프로젝트를 수행하기가 힘들어진다. 스스로를 피해자로 만드는 것만큼은 절대 해서는 안 된다.

　그릇된 이유로 선택한 관계가 종말에 이르렀을 때 당신이 스스로를 피해자로 만든다면 종말은 고통스러울 수밖에 없다. 만일 당신이 타인을 기쁘게 해주기 위한 길을 선택했다면, 타인에게 사랑받고 인정받는 기분을 느끼고 싶어서 무언가를 했다면, 끝이 다가올 때 전쟁에 휘말리게 될 것이다. '희생'에 대한 인정을 받느냐 못 받느냐에 달린 권력 전쟁 말이다. "이 프로젝트는 당신 없이는 안 돼" 혹은 "나 당신 없이는 못 살아" 혹은 "당신은 세상에서 가장 중요한 존재야" 따위의 말들을 곧이들으면 정서적 구속이나 장래성 없는 직업의 덫에 걸려들게 마련이다. 그런 말들에 한껏 우쭐해져서 그릇된 선택을 한다면, 모

퉁이만 돌면 지옥의 심연이 입을 벌리고 있는 완전한 실
패의 길로 들어서는 것이다.

　당신은 지옥에 떨어지리란 걸 알면서 앞으로 발을 내
딛기도 한다. 인생을 살면서 그런 선택을 너무 많이 한다.
배가 가라앉고 있다는 걸 알기에 배에서 내리고 싶어 하
면서도 스스로에게 변명하면서 거짓된 노력을 기울인다.
"아냐, 지금 난 이 배의 선장이야." "이 관계는 나에게 달
려 있어." "가족의 운명이 내게 달려 있으니 어떻게든 가
정을 유지해야만 해." 당신은 다른 사람들을 당신의 이야
기 속 등장인물에 지나지 않는 존재로 축소시키고, 그들
이 당신의 계획대로 행동하기를 바란다. "넌 여기서 쓸모
없는 존재니까 내가 바꾸어놓을 거야"라고 말한다. 당신
의 실패, 특히 정서적 실패는 상대가 당신에게 상처를 주
도록 자초한 결과인 경우가 많다. 당신은 자신의 신념이
옳다는 걸 입증하기 위해 같은 패턴을 반복한다. 그러다
결국 밑바닥으로 가라앉고 마는데, 어쩌면 거기가 가장
안전하고 친숙하기 때문일 것이다.

　올바르게 살기 위한 노력은 위대한 도전이다. 스스로

희생자 역할을 떠맡는 행위는 아픔을 극복할 기회를 뿌리치는 것이기에 매우 위험한 결정이다. 당신에게 가해진 몹쓸 짓에 대한 책임을 지는 대신 이렇게 묻는 것이다. "나는 학대와 굴욕을 당했어. 이제 어떻게 해야 할까?" 어쨌든 이미 일어난 일이다. 상대에게 복수하고 상처를 줘봐야 도움 될 게 없다. 과거의 체험은 돌이킬 수 없다. 중요한 것은 체험을 어떻게 활용하는가이다. 그것이 진정으로 자신의 삶을 통제하는 방법이다.

　의식적인 선택에 의해 암이나 치매에 걸리는 사람은 없다. 자동차 사고로 죽는 것 역시 마찬가지이다. 사람들은 삶 속의 체험들을 스스로 선택한다고 믿지만, 사실 우리가 선택할 수 있는 건 체험 자체가 아니라 그 체험을 받아들이는 방식이다. 사랑하는 사람이 죽었을 때 당신이 이성적으로 대처하든 아니면 분노하든 그 사람은 부활하지 못한다. 죽음은 되돌릴 수 없다. 하지만 그 사람이 살아 있는 동안 함께했던 모든 것들 때문에 그는 당신 삶의 일부로 남는다. 그는 이미 당신 삶의 일부였고 앞으로도 그럴 것이다.

　　당신은 어떤 식으로든 과도기적 틈, 공백기를 건너야만 한다. 이 상실의 과정을 받아들이지 않는다면 새로운 출발을 위해 거듭날 수 없다. 마치 태아가 산도에 갇힌 꼴이다. 이미 한 장소에서 떠났는데 상실에 발목이 잡혀 새로운 장소에 도착하지 못한다.

　　이 작은 죽음들은, 그것들이 발생한 후에도 무슨 일이 일어나고 있는지 완전하게 인식할 수 있다는 점에서 대단히 인상적이다. 잃은 것을 놓아줄 수 있는 가장 좋은 방법은 상실의 아픔을 끌어안는 것이다. 관계가 끝났는가? 그럼 관계의 죽음을 실컷 애도하라. 일자리를 잃었는가? 일자리의 죽음을 애도하라. 아픔을 피하지도, 겁쟁이가 되지도, 체험을 과소평가하지도 말고, 충분히 아파하라. 그 체험이 25년간의 결혼 생활, 30년간의 친구 관계, 혹은 오래 몸담은 직장이라면 그 세월을 지워버릴 수는 없다. 하지만 충분히 애도하고 아파하면 새로운 도전을 할 수 있다. 새로운 상황으로 들어갈 때 그 상황을 가장 잘 영위하는 방법은 그 또한 끝날 것임을 염두에 두는 것이다. 상황에 최선을 다한 뒤 마지막이 찾아오면 이렇게 말할 수 있어야 한다. "정말 의미 있는 시간이었어! 나는 유산을 남겼어. 많은 걸 변화시켰어. 난 잊히지 않을 거야. 나는 성공을 위해 전력을 다했어. 나는 그 직업에, 그 관계에 최선을 다했어."

당신이 과거의 체험에서 취해야 할 것은 체험을 통해 얻은 변화이다. 당신은 과거가 아닌 성과를 들고 앞으로 나아가야 한다. 그리고 과거는 당신이 진실로 완전히 삶에 몰입해서 진정한 만남을 이루어야만 성과를 낼 것이다.

전쟁보다는 위대한 사랑을 애도하기가 훨씬 쉽다. 가장 복잡한 애도는 사랑과 미움이 공존하여 감정이 다듬어지지 않은 모호한 관계에서 나온다. 사랑이 있다면 죽음이 끼어든다 하여도 사랑을 없애지 못한다. 사랑은 죽지 않는다. 하지만 많은 사람들의 뒤통수를 치고 원하지 않는 프로젝트를 맡아 불면의 밤을 보내야만 했던 직장에 관한 비극적인 이야기라면, 애도의 비용이 훨씬 많이 든다. 훌륭한 성품, 감수성, 삶의 질 등등 거기에 너무도 소중한 것들을 남기고 왔을 테니까. 그리하여 해고 통보를 받은 당신은 이렇게 생각한다. "그동안 직장에 다니기

위해 바친 대가가 너무 컸어." 하지만 진정 사랑했던 직장
을 잃은 경우, 그곳에서 일하며 성장하고 꿈을 키울 수 있
었고 더 나은 사람으로 변할 수 있었던 당신은 물론 마음
이 아프긴 하겠지만 스스로에게 말할 수 있을 것이다. "그
동안 많은 것들을 배울 수 있었으니 가치 있는 시간이었
어!" 그리고 과거에 몸담았던 곳보다 더 참되고 강렬한
세계를 향해 나아가는 것이다.

　나 자신의 회복이야말로 세상에서 가장 아름다운 회
복이다. 기꺼이 새로 태어나고자 한다면 이루어지는 모
든 것들이 완전한 아름다움을 지닐 수 있다.

존엄한 끝맺음을 위한 선택

"유디스트라여, 세상에서 가장 놀라운 것은 무엇입니까?"
그러자 유디스트라가 대답했다.
"세상에서 가장 놀라운 것은 모두가 죽어가고 있음에도
사람들이 자신은 영원히 살 거라고 생각한다는 것이다."

마하바라타

○

의사가 환자와 죽음에 대해 이야기하는 건 결코 쉽지 않
다. 환자가 매우 심각한 중병을 앓고 있어도 죽음에 관련
된 대화는 전혀 이루어지지 않는 경우가 꽤 있다. 나는 오
랜 기간 완화의료에 종사해오면서 환자와 가족에게 자연
스럽게 죽음에 대한 이야기를 꺼내는 나름의 기술을 개
발했다. 그리고 한 걸음 더 나아가, 이 일을 하면서 일상
적으로 활용할 수 있는 지침을 마련했다. 훌륭한 변호사
이며 자연스러운 죽음에 조예가 깊은 친구와 함께 사전
연명의료의향서(혹은 생전 유서)를 만들었다. 진료실에서
죽음에 관한 대화를 나누기 시작하면서, 두세 가지 약속
들만 제대로 지켜지면 대화가 순조롭게 이루어진다는 걸
알게 되었다.

　죽음에 대한 첫 대화는 엄숙해야 하며 가볍게 다루어
져서는 안 된다. 우리는 한 대규모 노인 보호시설에 이 절
차를 도입하면서 입소자 설문지에 네 가지 질문을 추가

해줄 것을 요청했다. 입소할 때 작성하는 설문지는 19쪽이나 되는데도 대개 그 네 가지 질문들을 제외하곤 모두 응답이 되어 있었다. 네 가지 질문에 제일 먼저 반대를 하고 나선 이들은 노인의학 전문의들이었다. "우리가 그런 질문을 하면 환자가 어떻게 생각하겠어요?" 그런 이유로 네 가지 질문은 예방접종이나 병력 같은 간단한 질문들 사이에 배치되기에 이르렀다.

예를 들면 이런 식으로 질문이 이루어졌다. "예방접종을 모두 받았습니까? 수술을 받은 적이 있습니까? 흡연자입니까? 술을 마십니까? 병원에 입원한 적이 있습니까? 심장마비가 온다면 소생술을 원하십니까?"

방 한가운데에 있는 흰 코끼리를 창문에 붙은 파리 다루듯 하는 우스운 모양새가 된 것이다. 물론 그렇게 네 가지 질문을 배치해도 여전히 응답을 얻을 수 없었다. 그런 현상은 그 보호 시설에서 입소자와 보호자를 대상으로 '인간의 유한성'이라는 주제에 관한 공개 강연이 열릴 때까지 지속되었다. 내가 일반인들 앞에서 한 첫 강연이었다. 그리고 내 평생 가장 경이로운 순간들 중 하나였음을 고백한다. 수십 명의 노인들이 다가와 몹시도 간절히 듣고 싶어 하던 문제에 대해 분명하게 이야기할 용기를 북돋아준 것에 고마움을 표시했다. 그 후로 네 가지 질문에 대한 응답이 이루어졌다.

사전연명의료의향서, 즉 삶의 끝에서 연명의료를 원하는지에 관한 대화는 먼저 가족과의 저녁 식사나 일요일 점심 식사 자리에서 이루어져야 한다. 너무 늦거나 중병에 걸리기 전에 가족들에게 분명한 의사를 전달해야 자신의 뜻대로 죽음을 맞이할 수 있다. 이런 대화는 정상적인 가족 모임에서, 철학적이라는 명칭을 부여할 수 있을 만큼 심도 깊게 이루어지는 것이 좋다.

환자에게 죽음에 대한 이야기를 처음 꺼내는 의사는 대개 완화의료 담당의가 아닌 경우가 많다. 심각한 불치병 진단을 내리는 임상의나 노인의학 전문의가 먼저 죽음을 이야기할 계기를 갖는다. 하지만 의사들은 의과대학에서 그런 주제들에 대해 이야기하는 데 도움이 되는 교육을 받지 못한다. 그들은 병에 대해 이야기하는 법은 알지만, 환자들과 고통에 대해 이야기하는 법은 알지 못

한다. 또 완화의료를 전공하지 않는 한 죽음과 유한성에
대해 이야기하는 법을 배우지 못한다. 의사들의 99퍼센
트가 완화의료를 전공하지 않을 것이기에, 그 말은 곧
99퍼센트의 의사가 죽음에 대해 이야기하는 법을 모른다
는 의미이다. 설령 완화의료를 배우고 싶은 의사들이 많
다고 해도, 브라질은 환자가 잘 죽을 수 있도록 돌봄을 제
공하는 것의 의미를 전혀 모르는 사람들을 교육시킬 충
분한 여력이 없다.

　죽음에 대한 보다 명확한 인식을 갖고 어떤 죽음을 맞
이하고 싶은지 의향을 분명히 밝힐 수 있는 사회 분위기
가 조성된다면, 미래에는 죽어가는 사람의 존엄성을 보
호하기 위해 마련된 돌봄을 제공하기가 좀 더 쉬워질 수
도 있을 것이다.

　이쯤에서 브라질의 완화의료 현황을 살펴보자. 브라
질은 선의의 완화의료가 어디에서나 실시될 수 있도록
법적, 윤리적 지원을 제공하는 있는 국가들 가운데 하나
이다. 또한 의료윤리규약에 '완화의료'라는 단어가 명시
된 국가이기도 하다. 브라질은 완화의료에 찬성하는 연

방헌법을 갖고 있다. 그리고 삶의 존엄성을 누릴 권리를
보장한다. 나는 완화의료를 받고 있는 환자들, 그리고 사
랑하는 가족이 어떤 죽음을 원하는지 알고 있는 보호자
와 죽음에 관한 대화를 나눈다. 그 대화를 진료 기록에 남
기고 그들에게 사전연명의료의향서를 읽어보게 한 다음,
내가 있는 자리에서든 없는 자리에서든 아무 때나 자유
롭게 서명할 수 있도록 해준다. 처방전에도 '환자가 자연
스러운 죽음을 허락함'이라고 적어 돌봄 팀과 다른 의사
들이 참고할 수 있게 한다.

　브라질 헌법에 따라, 모든 의료 행위는 삶의 존엄성을
위한 것이라고 환자 기록부에 적는다. 이런 내가 법정에
설 수도 있을까? 고소야 당할 수 있겠지만 유죄 선고를
받을 가능성은 거의 없다. 모든 의료 행위의 기반은 의사
소통에 있으니까. 나는 환자의 자율성을 존중하고 환자
의 고통을 최소화하기 위해 최선을 다한다. 또한 안락사
를 실행하지 않는다는 걸 분명히 밝혀둔다. 죽음은 올 것
이고 우리는 그 죽음을 받아들일 것이지만, 재촉하지는
않을 것이다.

민법은 그 누구도 고문을 당해서는 안 된다고 말한다. 살아남을 희망이 없는 환자를 집중치료실에 붙잡아두는 것은 고문이다. 소용도 없는 고통스런 치료를 지속하는 것 역시 고문이다.

많은 완화의료 의사들이 살인죄로 고소당할지도 모른다는 두려움을 느낀다. 내가 알기로 살인은 만일 그 범죄가 저질러지지 않았다면 피해자가 살아 있을 경우에 시도되어야 성립한다. 그러니까 심각하고 치명적인 병의 말기에 이른 환자는 해당되지 않는다. 환자의 고통을 최소화하기 위해 마련된 돌봄이 아니라 병이 환자를 죽일 것이기 때문이다. 환자가 영원히 살도록 만들라고 요구하는 법 규정은 없다. 환자를 죽이는 건 병이며, 의사가 그것 때문에 법정에 설 수는 없다.

진정한 완화의료는 환자의 죽음을 재촉하는 행위가 아니다. 완화의료는 안락사와는 완전히 다르다.

브라질의 병원들은 이런 돌봄을 제대로 제공하지 않는다. 의사들은 죽음을 앞둔 환자들에게 돌봄을 제공하는 방법을 몰라서 결국 마지막 고통에 시달리는 거의 모

든 환자들에게 완화적 진정제를 처방한다. 완화의료 전
문가들은 권장되는 치료로 고통을 경감시킬 수 없는 경
우에 한해서만 완화적 진정제가 처방될 수 있도록 애쓰
고 있다. 하지만 환자를 치료하는 의사의 전문 지식으로
고통을 경감시킬 수 없는 경우에 결국 완화적 진정제가
처방되는 게 현실이다. 의사들은 돌봄을 제공하는 방법
을, 죽어가는 환자의 아픔과 호흡곤란에 대처하는 방법
을 알지 못한다. 또한 환자의 실존적이고 영적인 고통이
제대로 평가되고 완화되도록 팀의 일원으로 일하는 법을
알지 못한다. 이런 의사들은 지식과 기술의 부족으로 인
해 환자의 죽음의 과정에 다른 방식으로는 대처할 수 없
기 때문에 진정제를 처방한다.

완화적 진정제가 과도하게 처방되고 그 시기는 항상
늦는 것이 현 실정이다. 환자들은 장기간 끔찍한 고통을
겪다가 죽음 직전에, 그것이 마치 마지막 연민의 행위라
도 되는 양 진정제를 맞는다.

안락사와 조력 자살은 브라질에서 금지되어 있다. 나
를 의회 원탁토론에 초대하는 정치인들은 내가 마치 그

런 행위들을 옹호하는 사람인 것처럼 말하지만, 사실 안락사와 조력 자살은 완화의료와 정반대 개념이라고 할 수 있다. 내 개인적인 의견으로 안락사와 조력 자살은 극히 복잡하고 고도로 발달된 방법이라 죽음에 관해 이야기하는 것조차 제대로 이루어지지 않는 미숙한 나라에서는 시행될 수 없다. 완화의료에는 안락사가 끼어들 자리가 없기에 나는 안락사를 실행하거나 옹호하지 않는다. 나는 환자들이 죽음을 맞이할 때까지 그들과 함께한다. 죽음은 적절한 때에 찾아온다. 나는 그 과정을 앞당길 권리가 없으며 지연시킬 권리는 더더욱 없다. 지금까지 내게 고통을 단축시켜달라고 요청한 환자는 소수에 지나지 않았으며, 고통이 완화되자 그들은 생명을 단축시켜달라는 요청을 중단했다. 그들은 더 오래 살았고, 최대한 잘 살았다. 고통을 통제하면서 존엄하게 살다가 죽었다.

　　내가 사전연명의료의향서로 사용하는 문서는 네 개의 중요한 부분으로 이루어져 있다. 맨 앞부분에는 브라질의 헌법, 법률 및 연방의료협의회에서 규정한 해당 조항들을 모두 열거해놓았다. 앞서 언급했듯이 브라질은 환자의 자율성을 존중하는 선의의 의료 행위에 찬성하는 나라이며, 그 점을 문서에 명시했다. 두 번째 부분은 환자의 의향을 대변할 사람, 즉 의료 대리인의 선정에 관한 것이다. 여기서 중요한 것은 환자의 선택이기에 의료 대리인이 반드시 법정 대리인일 필요는 없다. 환자는 자신이 우선순위에 두는 것들이 무엇이며, 어떤 결정을 내리게 될 것인지 잘 아는 친밀한 사람을 의료 대리인으로 선정할 수 있다.

환자의 의향은 항상 진료 기록에 기재되어야 한다. 그리고 사전연명의료의향을 결정하는 과정에 영향을 미칠 수 있는 우울증이나 인지적 결함, 심리적 압박의 징후가 없다는 것도 명시되어야 한다. 현재 브라질에서 치매 환자들을 위한 사전연명의료의향서에 대한 연구가 진행 중이지만 실행에 옮기기엔 아직 데이터가 부족한 상태이다. 그 경우 말기 돌봄의 형태를 결정하는 건 가족의 합의이다.

노인의학 전문의들이 직면한 가장 큰 도전은 환자가 자신의 미래에 대해 정확히 이해하고 중대한 결정들을 내릴 수 있을 때 환자에게 치매 진단에 대해 알리는 것이다. 노인이 암 진단을 받아도 말을 아끼는 분위기인데 하물며 치매의 경우 그 침묵이 얼마나 견고할지 상상해보라.

또 하나 분명히 짚고 넘어가야 할 기본적인 사실은 환자가 의문의 여지가 없는 불치병으로 고통에 시달리고 있거나, 이성적이고 자율적인 삶을 영위하기가 불가능한 상태에 놓여 있을 때만 사전연명의료의향서가 적용된다는 것이다. 그런 상황에서만 인간의 존엄성과 자율성의 원칙에 근거하여 자신의 삶이 끝나가고 있음을 받아들이고 무익한 의료적 개입, 다시 말해 효과를 거둘 가능성이 잠재적 부작용의 가능성보다 낮거나 아예 없는 의학적 처치를 거부할 수 있다.

환자가 이런 종류의 문서를 작성하기를 원할 때 나는 의사와 상의하기를 권한다. 전문 의료인이 용어들을 자세히 설명해주지 않으면 의료적 개입에 대한 결정을 내릴 수 없기 때문이다. 제대로 안내도 받지 않고 그런 중요한 문서를 작성하는 것은 중국어를 모르는 사람이 중국어 메뉴판을 보고 음식을 고르는 것과 같다. 누가 옆에서

번역해주지 않으면 개고기를 아티초크인 줄 알고 주문할
수도 있다.

문서 마지막 부분에서 서명인은 목욕이나 기저귀 갈
기, 환경 같은 일상적인 문제부터 장례 형태에 이르기까
지 전체적으로 자신이 선호하는 사항들을 기술하도록 되
어 있다. 장기 기증, 화장, 경야(장례를 치르기 전에 가까운
친척이나 친구들이 관 옆에서 밤을 새워 지키는 일—옮긴이)
등 자신이 바라는 모든 것들을 적으면 된다.

말기 돌봄과 의료적 개입의 제한에 확신을 가질 수 있
는 가장 좋은 방법은 건강하게 잘 살고 있을 때 이 문제들
에 대해 이야기하는 것이다. 병에 걸리면 이런 종류의 대
화는 꼭 필요한 것이긴 해도 훨씬 민감한 문제가 되어버
리기 때문이다.

죽음 이후의 삶

갑자기, 당신은 떠났네,
이제 당신의 자취만 남았네.

널 피어트

○

인생을 살면서 '무슨 일이 있었는지'보다 더 중요한 건 '어떻게 살았는지'와 '무엇을 위해 살았는지'이다. 삶의 끝에 이른 사람들을 돌보면서 얻은 가장 큰 교훈은 '왜'가 아니라 '무엇을 위해'에 답해야 한다는 것이다. '왜'가 과거의 동기를 상기시킨다면, '무엇을 위해'는 미래지향적이다. 당신은 무엇을 위해 사는가? 상을 당하면 당신이 그 사람을 얼마나 많이 사랑했는지 알게 되고, 당신이 죽음을 받아들일 수 있을 때까지 기다려준 그 사람의 너그러움을 깨닫게 된다. 당신은 사랑하는 사람의 죽음을 체험하면서 비로소 자신에게 신은 누구이며 신성함이란 무엇인지 이해할 수 있다. 당신이 영성을 자신의 통제하에 있는 것으로 이해했는지 아니면 복종의 대상으로 숭배했는지 마침내 알게 될 수 있다.

소중한 사람의 죽음이라는 상실을 겪으면 '무엇을 위해'라는 질문이 떠오르겠지만, 분명한 답을 얻으려면 많은 시간이 걸릴 것이다. 그럼 '왜'라는 질문은 어떨까? 그 질문에 대해서는 평생을 바쳐도 만족스러운 대답을 얻을 수 없을 것이다. 어떤 대답도 애도 체험의 광대함에는 미칠 수 없다. 나는 지금 애도의 새로운 형태를 만들어내려는 것이 아니다. 몹시도 소중한 사람을 잃는 복잡하고 절대적인 체험에 관한 새로운 관점을 제시해보고자 하는 것이다.

첫 번째로 하고 싶은 말은, 죽은 사람은 생전에 소중한 존재들과 함께 나눈 삶의 역사를 가지고 떠나지 않는다는 것이다. 타인들의 삶에서 의미를 지녔던 한 인간의 존재가 모든 면에서 소멸되는 완전한 죽음은 불가능하다. 죽음은 오직 육체에만 해당되는 것이다.

나의 아버지는 돌아가셨지만 지금도 여전히 나의 아버지다. 아버지가 내게 가르쳐준 모든 것들, 내게 해준 모든 말들, 우리가 함께했던 모든 것들이 여전히 내 안에 살아 있다. 아버지가 돌아가신 후 내가 받아들여야만 했던 변화는 이제 아버지를 볼 수 없게 되었다는 것과, 아버지와 미래를 함께할 수 없다는 것 두 가지뿐이었다. 앞으로도 나는 아버지를 생각할 것이고 많이 그리워할 것이며, 딜레마에 빠지면 아버지가 생전에 해준 조언을 떠올릴 것이다. 그렇다면 내가 아버지의 죽음을 어떻게 애도하느냐에 따라 나의 미래에 예비된 체험들 속에서 내 안의 아버지를 발견하는 방법을 알 수 있을 것이다.

　애도의 과정은 당신의 삶에서 매우 중요한 사람의 죽음과 함께 시작된다. 중요한 관계는 반드시 사랑으로만 이루어지는 것은 아니다. 두려움이나 증오, 상처, 죄책감 같은 복잡한 감정에 많이 오염될수록 애도의 과정은 힘들어진다. 진실로 사랑하는 사람을 잃으면 커다란 아픔이 따르겠지만 그 사랑이 고통을 극복하는 가장 빠른 지름길로 당신을 인도한다. 애도의 아픔은 당신이 죽은 사람을 사랑한 정도에 비례한다. 그만큼 당신이 다시 일어설 수 있는 힘을 주는 것도 고인에 대한 사랑이다.

　나는 사랑하는 사람을 잃고 극심한 고통에 시달리는 보호자를 돌볼 때 고인이 남긴 유산의 가치에 주목하는 것이 얼마나 중요한지 깨닫게 해주려고 애쓴다. 만일 고인이 그들의 삶에 사랑과 기쁨, 평화, 성장, 힘, 의미를 가져다주었다면 그 모든 것들이 고인의 몸과 함께 매장되는 건 바람직하지 못하다. 애도자는 고인과 맺었던 관계의 가치를 인식함으로써 고통으로부터 벗어나기 시작할 수 있다.

애도의 기술적 정의를 내리자면, 소중한 유대 관계의 단절에 뒤따르는 과정이다. 소중한 사람을 잃는 체험은 당신의 세계가 안정적이고 안전하다는 가정, 당신이 통제된 삶을 살고 있다는 환상을 깨뜨린다. 소중한 사람, 당신의 삶의 척도가 되어주던 사람을 영원히 잃게 되면 스스로를 인식할 능력을 잃은 것 같은 기분을 느낀다.

우리는 인생을 살면서 자기 자신으로 사는 법을 배울 기회를 갖지 못한다. 어릴 적에는 자신의 감정과 생각을 솔직하게 표현하지만 가족이나 학교, 사회가 우리의 정체성을 부끄러워하도록 만드는 경우가 많다. 그리하여 다른 사람들의 인식을 통해 세상에서 자신을 표현하는 법을 배우며 주위 사람들의 기대와 스스로 만들어내는 기대에 맞추어 살게 된다. 주위 세상이 기대하는 모습을 보여주려 애쓰게 된다.

그러다 보니 우리의 많은 부분들이 타인에 의해 만들어진다. 우리는 타인의 인식을 토대로 형성된다. 소중한 사람이 죽었을 때 이제 그 사람이 우리를 보지 못한다는 점을 가장 아쉬워하게 될 것이다. 다른 사람들의 시각을 통해 자신을 보기 때문이다. 내가 사랑하는 사람이 더 이상 세상에 존재하지 않는다면 내가 누구인지 어떻게 알 수 있을까? 내가 세상에 대한 생각을 가지려면 다른 사람이 필요한데, 그 사람이 더 이상 존재하지 않는다면 내 세상은 앞으로 어떻게 될까?

사랑하는 사람, 소중한 사람의 죽음은 당신을 동굴 입구에 데려다 놓는다. 사랑하는 사람이 죽는 날 당신은 동굴로 들어가고, 들어간 길로는 다시 나올 수 없다. 그가 죽기 전과 똑같은 삶은 이제 찾을 수 없으니까. 죽음 이후 당신이 접하게 될 삶은 사랑하는 사람이 살아 있을 때와 같을 수 없다. 그 애도의 동굴을 떠나려면 스스로 출구를 만들어야만 한다. 바로 그런 이유로 지금 우리는 '극복'에 대해, 새 삶을 향한 적극적인 나아감에 대해 이야기하는 것이다.

애도의 동굴에서 빠져나오려면 힘과 노력과 행동이 필요한데, 애도자들은 심신이 완전히 지쳤다고 느끼는 경우가 많다. 누군가를 불러 애도의 동굴에 함께 들어가고 그 사람에게 당신 대신 출구를 만들어달라고 부탁할 수는 없다. 당신 스스로 애도의 과정을 통해 소중한 사람을 잃은 아픔에서 삶을 재건해야만 하며, 그것이 곧 삶의 의미를 재발견하는 일이다.

애도는 본질적으로 심오한 변화의 과정이다. 다른 사람들은 당신이 동굴에서 보내는 시간을 덜 고통스럽게 만들어줄 수는 있어도 당신을 대신해서 그 일을 해줄 수는 없다. 애도의 가장 섬세한 부분은 고인과의 관계를 재정립하는 작업이다. 애도의 시간을 오염시키는 분노, 공포, 죄책감 같은 감정은 결국 동굴에 머무는 시간을 연장시킬 뿐이다. 당신 안의 가장 어두운 부분들로 당신을 인도할 수도 있다.

당신은 사랑하는 사람이 병을 앓는 동안 사전 애도 과정을 체험하면서 그가 없는 자신의 삶이 어떨 것인지에 대해 생각해볼 수도 있다. 이 애도의 시뮬레이션 기간에 환자의 주변 사람들은 용서와 감사, 애정 표현, 돌봄을 통해 마음을 좀먹는 감정들을 치유할 경이로운 기회를 가질 수 있다. 순수하고 진실로 가득한 두 사람 사이의 진정한 사랑은 자유롭게 풀어주어야 한다. 그 외의 다른 감정들은 몸과 함께 죽어야 한다.

당신이 고인에게 배운 모든 것은 당신 안에 계속 남는다. 애도 기간에 사별의 아픔을 치유하는 데 전념하면 당신이 체험한 모든 것들과 고인과의 관계가 가져다준 모든 좋은 것들을 분명하게 평가할 수 있을 것이다. 어쩌면 당신은 양극단을 오갈 수도 있다. 이 분야에 대한 연구와 저술 활동으로 인정받는 스트로베와 슈트는 이를 '이중적 애도 과정'이라고 설명한다. 이중적 애도 과정에는 사랑하는 사람의 죽음으로 인한 아픔과 고통에 완전히 매몰되는 순간이 있다. 그러면서도 한편으로는 죽음과 관련되거나(고인의 계좌를 닫고, 전화를 끊고, 유품을 정리하여 기증하는 등) 죽음과 무관한 일상적인 일들을 처리하느라 현실에 푹 파묻혀 지내기도 한다.

사별의 아픔이 극심할 때는 슬픔과 눈물, 절망과 분

노가 수반된다. 그럼에도 이 모든 감정을 받아들이고 체험해야 한다. 애도자들이 울어도 되는지 물으면 나는 이렇게 대답한다. "네, 우세요. 실컷, 진짜로 우세요. 진저리가 나도록 온몸으로 우세요. 침대에 누워 발버둥치고 소리 지르며 우세요. 참지 말고 열린 마음으로 아픔을 끌어안으세요. 그 상황을 받아들이세요." 아픔을 있는 그대로 받아들이면 언젠가는 아픔이 마법처럼 사라진다. 아픔은 그 존재로 의미 있는 것이니 피하지 말고 정면으로 받아들여야 한다. 고통은 인정하고 받아들이면 줄어들게 마련이고, 피하고 거부하면 삶 전체를 좀먹는다.

슬픔에 잠기는 건 잘못이 아니다. 슬픔은 건강한 애도 과정의 필수적인 부분이다. 누군가는 늘 미소를 보여야 하고 늘 행복해야 한다는 그릇된 믿음으로 살 수도 있지만, 슬픔은 금기가 아니다. 주위 사람들이 어서 슬픔을 극복하라고 종용한다면, 당신이 고통스러워하는 모습을 보기 힘들어서일 것이다. 그들은 당신이 어떻게 이 기간을 견디고 이겨내야 하는지도, 만일 당신의 처지라면 어떻게 반응해야 하는지도 모른다. 그래서 당신의 아픔을 억지로 몰아내려고 갖은 노력을 다한다.

　대부분의 사람들은 소중한 존재를 잃은 애도자의 슬
픔에 어떻게 대처해야 하는지 알지 못하며, 상을 당한 지
얼마 되지 않은 경우에는 특히 더 그렇다. 그들은 애도자
가 즉시 의사를 찾아가 항우울제를 처방받기를 원한다.
빨리 아픔을 끝내도록 돕고 싶어 한다. 그러나 항우울제
나 진정제를 잘못 사용하면 정서적 마취에 빠지고 파괴
적인 악영향에 시달릴 수도 있다. 그런 약물들은 고통을
멈추게 하는 동시에 행복을 느끼는 능력을 죽이기도 한
다. 슬픔은 우울증이 아니다. 이 극단의 시기에 정상적이
고 일상적인 삶으로 떠밀려 들어온 애도자는 행복하고
만족스러운 순간들을 경험할 수도 있다. 가족이나 사랑
하는 사람에게 기쁜 일이 생기면 애도자의 얼굴에 미소
가 돌아오기도 한다.

　조현병적 사회가 안고 있는 문제는 애도 기간 중에 너
무 많이 행복해하는 것에 눈살을 찌푸린다는 것이다. 그
로 인해 애도자가 애도 과정에서 웃을 이유를 발견하거
나 웃고 싶어 하는 것에 죄책감을 갖는 경우가 흔하다. 애

도자가 내게 자신이 웃는 것이 정상인지 물으면 나는 이
렇게 대답한다. "눈물이 날 때까지 웃어도 돼요. 심지어
죽도록 웃어도 됩니다! 눈물이 다 마를 때까지 슬퍼해도
되고, 진저리가 나도록 웃어도 돼요."

　고인이 된 소중한 사람과 함께 웃었던 때를 추억하는
것도 도움이 된다. 나는 애도자와 상담할 때 고인에게 배
운 좋은 것들을 모두 나열해보라고 말한다. 그리고 고인
과 함께 나눈 즐거웠던 기억들도 떠올려보라고 제안한
다. 두 가지 제안을 하면 애도자는 모든 고통의 한가운데
서도 고인과 새로운 방식들로 재회하며 내 앞에 아름다
운 광경들을 펼쳐 보인다. 애도자는 으레 상실, 병, 고통,
죽음에 대해 이야기하지만 나는 애도자로부터 고인과 함
께한 삶에 대한 기억, 그 행복하고 강렬하며 변화를 만드
는 추억을 불러냄으로써 그들이 맺은 관계의 본질을 되
살린다.

　나는 애도자에게 고인이 의미로 충만한 삶을 남기고
떠났음을 깨닫게 해준다. 고인에게 배운 것들, 고인과 나
눈 추억은 영원히 죽지 않는다. 애도자는 추억과 감정들

까지 박탈당해서는 안 된다. 사랑은 육신과 함께 죽지 않는다. 사랑은 살아남는다. 당신이 몹시도 사랑하는 사람이 세상을 떠났거나 죽어가고 있다면, 그 사람에게 배운 것들을 하나하나 떠올려보고 그와 함께 웃었던 날들을 추억해보길 권한다. 그 추억들이 당신을 소리 내어 웃게 만든다면 그것에 대해 되새겨보자. 그 과정에서 흘리는 눈물이 당신의 아픔을 씻어줄 것이다. 눈물은 바다처럼 소금물로 이루어져 있다. 그런 감정으로 우는 것은 마음의 바다에서 목욕하는 것과 같다.

모든 것은 죽지만 사랑은 예외다. 오직 사랑만이 당신 안에서 불멸의 가치를 지닌다.

사람들이 보통 이야기하듯 세상 모든 것들이 가시적이고 말로 표현될 수 있는 건 아니다. 대부분의 체험들이 말로 표현될 수 없으며, 말이 들어간 적이 없는 공간에서 일어난다. 그 중에서도 특히 예술 작품들이 말로 표현될 수 없는 영역에 속하며, 그 신비한 존재들은 우리의 작고 덧없는 삶 곁에 영원히 남는다.

라이너 마리아 릴케

옮긴이 **민승남**

서울대학교 영문학과를 졸업하고 전문번역가로 활동 중이다. 제15회 유영번역상을 수상했다. 옮긴 책으로는 유진 오닐의 《밤으로의 긴 여로》, 앤드루 솔로몬의 《한낮의 우울》, 앤 카슨의 《빨강의 자서전》, 아룬다티 로이의 《지복의 성자》, 이언 매큐언의 《스위트 투스》, 《바퀴벌레》, 메리 올리버의 《천 개의 아침》, 《기러기》, 《완벽한 날들》 등이 있다.

죽음이 물었다

초판 1쇄 인쇄 2022년 12월 6일
초판 1쇄 발행 2022년 12월 13일

지은이	아나 아란치스
옮긴이	민승남
펴낸이	최동혁

기획본부장	강훈
영업본부장	최후신
책임편집	조예원
기획편집	장보금 강현지 오은지 한윤지
디자인팀	유지혜 김진희
마케팅팀	김영훈 김유현 양우희 심우정 백현주
영상제작	김예진 박정호
물류제작	김두홍
재무회계	권은미
인사경영	조현희 양희조
디자인	형태와내용사이

펴낸곳	㈜세계사컨텐츠그룹
주소	06071 서울 강남구 도산대로 542 8, 9층(청담동, 542빌딩)
이메일	plan@segyesa.co.kr
홈페이지	www.segyesa.co.kr
출판등록	1988년 12월 7일(제406-2004-003호)
인쇄·제본	예림

ISBN	978-89-338-7196-6(03870)